Nedim Gürsel
Sieben Derwische

Anatolische Legenden

Aus dem Türkischen von Monika Carbe
Mit einem Vorwort von Gerhard Schweizer

Insel Verlag

Titel der 2007 im Verlag Dogan Kitapcilik in Istanbul
erschienenen Originalausgabe: *Yedi Dervişler*
Die Übersetzerin dankt dem Turkologen Wolfgang Riemann
für die vielen nützlichen Hinweise zum Verständnis
der Tücken der türkischen Syntax und des Sufismus.

Satz: Libro, Kriftel
Druck: Freiburger Graphische Betriebe, Freiburg
Printed in Germany
Erste Auflage 2008
ISBN 978-3-458-17401-1

1 2 3 4 5 6 – 13 12 11 10 09 08

Inhalt

Vorwort

Gerhard Schweizer
Ein unbekannter Islam

Tanzende Derwische mit hoher brauner Filzmütze und wehendem weißen Rock, die Gesichter meditativ entrückt... Solche Bilder sind längst zu Ikonen eines florierenden Tourismus geworden, werden als »exotischer Islam« vermarktet und sind inzwischen für die Türkei ein ebenso wichtiges kulturelles Werbesymbol wie die Hagia Sophia oder die Blaue Moschee von Istanbul.

Aber eine erste Irritation erlebt der westliche Besucher, sobald er in der Türkei von heute nach ekstatischen Ritualen mit Gesang und Musik oder gar Tanz sucht. Was uns Nedim Gürsel anschaulich an verschiedenen Schauplätzen beschreibt, ist nur durch die Hinweise kundiger Einheimischer zu finden. Denn seit 1925 sind in der Türkei sämtliche Derwisch-Bruderschaften verboten, ihre sakralen Gebäude wurden geschlossen und dem Verfall überlassen oder in Museen umfunktioniert. Derwische gibt es offiziell nicht mehr, sie kann der Besucher im öffentlichen Raum hauptsächlich nur noch in sogenannten »Kulturveranstaltungen«, also rein »museal«, erleben.

Atatürk, der Begründer der säkularen Türkei, hat das Verbot der Bruderschaften mit sehr drastischen Worten gerechtfertigt: »Die türkische Republik kann kein Land von Derwischen, Scheichen und Ekstatikern sein. (...) Die Absicht der Derwisch-Konvente ist es, das Volk geistlos und dumm zu machen. Das Volk hat sich jedoch dafür entschieden, nicht geistlos und dumm zu sein.«

Atatürk hatte das Verbot ausgesprochen, nachdem Derwisch-Scheiche 1925, zwei Jahre nach der Gründung der säkularen Republik Türkei, einen Aufstand mit bürgerkriegsähnlichen Folgen gegen die »gottlose« Regierung angefacht hatten. Ihr

Ziel war, die religiös-politische Staatsordnung des Osmanischen Reiches wieder einzuführen. Seither gelten Derwische in der Türkei offiziell als »fortschrittsfeindlich« und »staatsgefährdend«, als Symbole einer längst vergangenen, religiös dekadenten Epoche. Die Frage stellt sich damit, ob wir es mit einer Bewegung zu tun haben, die, mit dem zweifelhaften Ruf des Verbotenen und Verdrängten behaftet, in unserer Moderne allein durch bizarre Exotik zu faszinieren vermag. Ein genauerer Blick auf die Geschichte und Gegenwart zeigt eine andere Wirklichkeit.

Derwisch-Bruderschaften sind seit dem 10. Jahrhundert in weiten Teilen der islamischen Welt verbreitet und haben auch noch heute in einer Reihe Länder eine starke kulturelle Präsenz. Besondere Schwerpunkte sind Marokko, Ägypten, Pakistan, muslimische Regionen in Indien, Indonesien. Aber daß auch in der Türkei ihr Wirken nicht völlig zu unterdrücken ist, vermittelt uns das vorliegende Buch.

Der Begriff *Derwisch* kommt aus dem Persischen und bezeichnet einen Menschen, der in freiwilliger Armut als frommer Bettler Gaben sammelt. Sinngemäß dasselbe bedeutet das arabische Wort *Sufi*, es bezieht sich auf »Suf« (Wolle) sowie die einfache Wollkutte von Menschen, die ohne materielle Bedürfnisse ein religiös-meditatives Leben führen. Von Sufi leitet sich *Sufismus* ab, worunter man eine spezielle religiöse Kultur der Gotteserfahrung versteht. Die Begriffe Derwisch und Sufi werden heute nahezu austauschbar verwendet.

Oft besteht bei uns im Westen allerdings die falsche Vorstellung, daß es sich bei Derwischen und Sufis um muslimische Mönche handelt, die in Klöstern leben. Aber im Islam gibt es weder für Geistliche noch für religiös Meditierende ein Zölibat. Derwische waren und sind überwiegend verheiratet, üben einen weltlichen Beruf aus, um ihre Familie zu ernähren, und halten sich nur zeitweise in klosterähnlichen Gebäudekomplexen, den sogenannten Derwisch-Konventen, zu gemeinsamer

Andacht, Meditation, rituellem Gesang, Tanz und gemeinsamen Mahlzeiten auf. Lediglich eine kleine Minderheit lebt auf Dauer in solchen Konventen.

Viele der Derwische organisieren sich in Bruderschaften. Europäer bezeichnen solch mystisch geprägte Organisationen gerne auch als »Orden«. Der Begriff »Orden« ist jedoch mißverständlich, da er in unserem Sprachgebrauch eine Parallele zu christlichen, streng zölibatären Mönchsorden nahelegt. Sinnvoller ist es für Europäer, den Ausdruck Bruderschaften zu verwenden, was sich in der Islam-Literatur des Westens auch immer mehr durchsetzt. Der Begriff zielt nur auf Männer ab, was jedoch die soziale Realität trifft: Frauen sind in den Bruderschaften zwar prinzipiell zugelassen, haben dort aber nur einen untergeordneten Platz. Die Muslime selbst bezeichnen ihre mystisch geprägten Organisationen allerdings geschlechtsneutral mit dem arabischen Wort »Tariqa«, »Pfad« (Plural »Turuq«), und meinen damit den Weg des mystisch-religiösen Lebens.

Bruderschaften von Derwischen und Sufis waren im 12. Jahrhundert auch nach Anatolien gekommen, nachdem der Turkstamm der Seldschuken das Land erobert hatte und in Konya seine Residenz errichtete. Unter den zahlreichen Derwisch-Vereinigungen des türkischen Kulturraums sind drei besonders hervorzuheben, denen wir uns im folgenden zuwenden: die Mevleviye, die Bektaşiye, die Nakşibendiye.

Die seldschukische Hauptstadt Konya wurde bereits im 13. Jahrhundert zum spirituellen Zentrum der Mevlevi-Bruderschaft, die wir im Westen besser unter dem Namen der »Tanzenden Derwische« kennen. Ihr geistiger Ahnvater ist Celâleddin Rûmi mit dem Ehrentitel »Mevlâna« (»unser Herr«). Er wurde 1207 im östlichen Iran geboren und starb 1273 in Konya. Er gilt als einer der bedeutendsten Dichter, Philosophen und Mystiker des Islam, und sein Mausoleum ist bis heute, trotz der offiziellen Ächtung des Derwischwesens, das populärste und meistbesuchte Pilgerziel der Türkei. Es ist kein Zufall, daß Nedim Gürsel seine literarische Reise zu den Derwischen in ebenjenem Konya beginnt.

Besonders das Beispiel Celâleddin Rûmi lehrt, daß es sich beim Derwischtum oder dem Sufismus keineswegs um eine »volksverdummende« Bewegung handelt, wie sie Atatürk bezeichnet hat (der ohnehin nur die spätere religiös-politische Dekadenz, nicht aber die eminent geistesgeschichtliche Bedeutung im Blick hatte).

Rûmi und mit ihm viele andere Derwische glauben, man könne durch Meditation am intensivsten spirituelle Erfahrung gewinnen, eine Meditation, die durch rituelle Musik und Tanz gesteigert wird. Diese mystische Erfahrung des Göttlichen sei umfassender und tiefer als die dogmatisch fixierte begriffliche Wahrheit der Korangelehrten, Theologen und Philosophen. »Worte bleiben an der Küste«, lautet eine Weisheit der Derwische. In ihrer mystischen Religiosität spielen dogmatische Gegensätze keine Rolle. Der Streit über unterschiedliche Dogmen, der bis zu Glaubenskriegen führen kann, soll durch die alternative Form des Sufismus überwunden werden.

Ein Text wie der folgende ist zur Provokation für die islamische Orthodoxie geworden: »Das Kreuz und die Christen nahm ich von allen Seiten in Augenschein. Er war nicht am Kreuz. Ich ging zum Hindu-Tempel, zu der alten Pagode (der Buddhisten). An beiden Orten fand ich keine Spur von Ihm. (...) Ich ging zur Kaaba und traf Ihn dort nicht. (...) Ich schaute in mein eigenes Herz. An diesem Ort sah ich Ihn. Er ist an keinem anderen Ort.«

In diesem Text wagt Celâleddin Rûmi die Aussage, daß »Er« nicht einmal in der Kaaba, also auch nicht am heiligsten Ort des Islam, zu finden ist. Bei einem Mystiker wie Rûmi ist das, was wir »Gott« nennen, nicht festgelegt auf Gott als ein personales Wesen. Das mystische »Er«, das Rûmi anspricht, hat nichts mit dem dogmatisch definierten Gott zu tun, der außerhalb des Menschen in einer jenseitigen Welt existiert. Das mystische »Er« ist nur im Menschen selbst, »im eigenen Herzen«, zu finden als eine Kraft, die nicht mit Worten zu fassen ist, sondern durch die Meditation körperlich-seelisch als ein besonderes Gefühl der Ekstase erlebt wird. »Gott« und Mensch werden hier zur »Einheit«.

Rûmi gelangt zu der Konsequenz, daß die Mystiker aller Religionen jenseits der Begrenzungen ihrer eigenen Glaubensbekenntnisse letztendlich dieselbe Gotteserfahrung machen. Rûmi scheidet hier zwischen »Schale« (den sehr unterschiedlichen Dogmen) und »Kern« (der mystischen Erfahrung). Der Mystiker, der den »Kern« erreicht, erlebt die »Einheit« hinter allen Trennungen der begrifflich fixierten Glaubensinhalte. Rûmi billigt hier den Dogmen des Islam keine Überlegenheit gegenüber anderen Religionen zu, sondern betont, daß es für sämtliche Religionen die darüber hinausgehende Universalität des mystischen Erlebens gibt.

Eine solche Haltung bietet wesentliche geistige Ansatzpunkte, um dogmatische Streitereien nicht nur innerhalb des Islam, sondern auch innerhalb anderer Religionen zu überwinden. Gerade deshalb bietet eine mystisch orientierte Erfahrung besonders gute Voraussetzungen für Toleranz gegenüber anderen Glaubensrichtungen – wie auch eine entschiedene Barriere gegen jede Art von Fundamentalismus und Fanatismus. Dies ist der Grund, weshalb Rûmi aus unserer heutigen Sicht geistig so frisch und aktuell, so verblüffend modern wirkt. Sufismus, die islamische Form der Mystik, ist hier weit entfernt von aller religiösen, nebulösen Schwärmerei, sie wird zu einer geistigen Herausforderung für die Orthodoxie aller Religionen.

In der Zeit des Osmanischen Reiches, vom 14. bis ins 20. Jahrhundert, kam der Mevlevi-Bruderschaft des Celâleddin Rûmi eine überragend religiös-politische Bedeutung zu. Die Osmanen unterstützten die Bruderschaft mit Schenkungen großer Ländereien, denn die Sultane schätzten an den Derwischen das

Bestreben, die dogmatischen und emotionalen Barrieren zwischen Konfessionen und Religionen zu überwinden, so zwischen den Sunniten und Aleviten, so auch zwischen Muslimen und Christen. Damit leisteten die Mevlevi einen wesentlichen Beitrag zum friedlichen Zusammenleben innerhalb des multireligiösen Reiches der Osmanen. Daß dann allerdings die immer enger werdende Verflechtung zwischen Religion und Politik viele Derwisch-Scheiche zu reichen Grundherren und damit zu Nutznießern einer immer drückender werdenden Feudalherrschaft machte, hat zu jener Dekadenz geführt, die von Atatürk bekämpft wurde.

Andererseits hatten Derwisch-Bruderschaften, und hier gerade auch die Mevleviye, eine wichtige soziale Funktion. Da es bis ins 20. Jahrhundert hinein in keinem muslimischen Land eine staatlich organisierte Sozialversicherung gab (und teilweise auch heute noch nicht gibt), boten Derwisch-Bruderschaften anstelle des Staates mehr oder weniger große soziale Sicherheit und vor allem auch Unterstützung für Notleidende, Kranke und Arbeitslose. Zu den besonderen Kennzeichen vieler Derwisch-Konvente sind die Küchengebäude und Speisesäle geworden. Die Küchen waren nicht nur für die Derwische selbst bestimmt, sondern auch für die Pilger, darüber hinaus für die zahlreichen Besucher, die am Rand des Existenzminimums lebten. Gerade wegen dieser tatkräftigen Armenfürsorge wurden die spirituellen Zentren sogar lebensnotwendig für jene, die von nirgendwo sonst Hilfe erwarten konnten. Die Derwisch-Konvente erfüllten hier eine ähnliche Funktion wie die Klöster im mittelalterlichen Europa.

Die Mevlevi-Bruderschaft nahm im speziellen jedoch vor allem die Interessen der gebildeten Ober- und Mittelschicht wahr. Daraus entstand ein gegenseitiges Geben und Nehmen. Während einerseits Fürsten, hohe Beamte, Wissenschaftler und Kaufleute reichlich Spenden in die Kassen der Derwisch-Konvente fließen ließen, entstanden unter der Schirmherrschaft der Konvente Netzwerke und Informationsstrukturen für all jene, die der Vereinigung angehörten. Solche Netzwerke waren über viele Jahrhunderte unverzichtbar, da es in den Regionen des Osmanischen Reiches – wie auch in zahlreichen anderen Ländern – noch eine relativ große Rechtsunsicherheit gab. Bruderschaften boten hier anstelle staatlicher Organisationen eine gewisse Sicherheit.

Dies galt nicht nur für die Mevleviye. In anderen Bruderschaften fanden andere soziale Schichten, etwa Handwerker, Soldaten, Bauern, Nomaden, ihre beste Stütze. Derwisch-Konvente mit solch vielfältigen religiösen, sozialen und politischen Funktionen breiteten sich schließlich derart aus, daß noch zu Beginn des 20. Jahrhunderts die überwiegende Mehrheit der anatolischen Muslime – und vieler anderer innerhalb der islamischen Welt – in einer der zahlreichen Vereinigungen organisiert war.

Die zweite große Bruderschaft, die starken Einfluß auf die Geschichte Anatoliens ausübte, ist die der Bektaşi-Derwische. Im Unterschied zu den Mevlevi bestanden ihre Mitglieder nicht in erster Linie aus Angehörigen einer höheren Bildungsschicht, sondern vorrangig aus Handwerkern, Bauern und Nomaden. Ein weiterer gravierender Unterschied kam hinzu: Die Bektaşiye war und ist nicht mit der Konfession der Sunniten, sondern mit den Aleviten verbunden. Nedim Gürsel hat ihren Pilgerzentren besonders viel Aufmerksamkeit gewidmet, weil er selbst alevitischer Herkunft ist.

Die Glaubensgemeinschaft der Aleviten ist im 9. Jahrhundert im Irak entstanden, hat sich jedoch später vorrangig in Syrien und in Anatolien ausgebreitet. Heute sind in Syrien rund 13 Prozent der Bevölkerung und in Anatolien gar zwischen 20 und 25 Prozent Aleviten. Ihr türkischer Name Alevi bedeutet »Gefolgsleute des Ali« und bezieht sich auf Ali Ibn Abi Talib, den Schwiegersohn des Propheten Mohammed und vierten Kalifen des Islam, er ist zum geistigen Ahnvater der schiitischen Konfession geworden. Die Aleviten haben sich aber auch von den Schiiten entfernt. Nedim Gürsel selbst schildert einige grundsätzliche Besonderheiten seiner Konfession: die Parallelen zu einer Reihe christlicher Denkformen wie auch die Ablehnung der Scharia, der Verzicht auf die Pilgerfahrt nach Mekka, kein Alkoholverbot, größere Freiheit der Frauen. Aber was die Aleviten eigentlich zu »Ketzern« sowohl für orthodoxe Sunniten wie Schiiten macht: Ihre höchste Autorität ist nicht der Prophet Mohammed, sondern sein Schwiegersohn Ali. Die Aleviten sind daher sowohl in Syrien wie auch in der Türkei über viele Jahrhunderte lang blutigen Verfolgungen vor allem durch die Sunniten ausgesetzt gewesen und konnten – im Gegensatz zu Christen und Juden – ihren Glauben viel weniger öffentlich leben.

Die Unterdrückung der Aleviten hat sogar in der säkularen Türkei noch kein Ende genommen. Im Gegenteil. Obwohl in der Verfassung offiziell die Freiheit jeder Religion garantiert wird, ist es den Aleviten bis heute nicht erlaubt, an öffentlichen Schulen in der Glaubenslehre ihrer eigenen Konfession unterrichtet zu werden, sie sind vielmehr gezwungen, den nationalistisch geprägten Religionsunterricht der sunnitischen Mehrheit zu besuchen. Und immer wieder kommt es zu blutigen Ausschreitungen sunnitischer Extremisten gegen Aleviten. Die zwei letzten international aufsehenerregenden Schocknachrichten bildeten 1993 der Massenmord an 37 alevitischen Künstlern in der ostanatolischen Stadt Sivas und 1995 die Attentate auf Aleviten in Istanbul, worauf im ganzen Land heftige Unruhen ausbrachen.

Die Derwisch-Bruderschaft der Bektaşi ist zur maßgebenden spirituellen Institution der Aleviten geworden. Sie geht auf den im 14. Jahrhundert wirkenden Derwisch Hacı Bektaş zurück, der aus dem Iran zuwanderte und im zentralen Anatolien nahe der berühmten Höhlenkirchenlandschaft von Göreme seinen Wohnsitz nahm. Über viele Jahrhunderte lang ist die

Bektaşi-Bruderschaft im Osmanischen Reich neben der Mevlevi-Bruderschaft des Celâleddin Rûmi die religiös-politisch bedeutendste gewesen. Die Osmanen-Sultane förderten die Bektaşiye gleichermaßen, weil diese Derwische bei den immer wieder auftretenden Spannungen zwischen der sunnitischen Mehrheit und der alevitischen Minderheit als unentbehrliche Vermittler auftraten. Auch die Bektaşi betonten wie die Mevlevi die Gleichwertigkeit aller Glaubensbekenntnisse. So findet sich in den Gedichten alevitischer Derwische, besonders des großen Dichters Yunus Emre aus dem 14. Jahrhundert, ebenfalls die religiös-mystische Vorstellung von »Einheit« ohne grundlegende Unterschiede etwa zu Aussagen des sunnitischen Derwischs Celâleddin Rûmi, eben weil auch Yunus Emre der Meinung war, daß sich die einzelnen Religionen nur in der »Schale« (den Dogmen) unterscheiden, nicht aber im »Kern« (der mystischen Gotteserfahrung).

Aber auch die Bektaşi-Derwische sind durch die wachsende Verflechtung ihrer Bruderschaft mit der Politik immer mehr den Versuchungen der Macht erlegen. Sie wurden – auf Betreiben der osmanischen Sultane – zu den maßgeblichen religiösen Betreuern der Janitscharen, der gefürchteten osmanischen Elitetruppen. Je mehr dann die Soldaten ihre Macht durch unmäßige Anhäufung von Privilegien mißbrauchten, desto mehr entfernten sich auch die Bektaşi von ihren ursprünglichen Idealen des Derwischtums, und ihre Führer unterschieden sich in der Endphase des niedergehenden Osmanen-Reiches kaum mehr von machtverliebten Feudalfürsten. Atatürk sollte daher auch in ihrer Organisation eine politische Gefahr für das moderne Staatswesen sehen.

Die dritte große Bruderschaft Anatoliens wurde schließlich die der Nakşibendi-Derwische. Sie ist nach ihrem Begründer Baha'uddin Nakşibent benannt, der von 1318 bis 1389 in Buchara (heute Usbekistan) lebte. Diese Derwisch-Bruderschaft hatte bis weit ins 19. Jahrhundert bei den Türken erheblich weniger

Einfluß als die der Mevlevi und Bektaşi. Aber Scheiche der Nakşibendiye führten 1925 jenen (bereits erwähnten) Aufstand gegen Atatürk, um dessen strikt säkulare und laizistische Staatsordnung zu beseitigen. Die Rebellion ihrer Bruderschaft hatte zur Folge, daß Atatürk sämtliche Derwisch-Bruderschaften verbieten ließ, weil letztlich alle mit dem Widerstand der Nakşibendiye sympathisiert hatten.

Doch gerade die Nakşibendiye wirkt bis heute in der Republik Türkei, getarnt in verschiedenen »Kulturvereinen«, untergründig weiter. Sie mobilisiert Wählerstimmen für Parteien, die mehr oder weniger konservativ islamisch oder gar islamistisch sind. Recep Tayyip Erdoğan, der gegenwärtige Ministerpräsident, hat Kontakte zu entsprechenden »Kulturvereinen«, ebenso galt dies für Necmettin Erbakan, der 1996 und 1997 Ministerpräsident mit stark islamistischer Ideologie war und auf Druck des Nationalen Sicherheitsrates wegen »verfassungsfeindlicher Tendenzen« zurücktreten mußte. Besonders enge Beziehungen zur Nakşibendiye pflegte Turgut Özal, der von 1983 bis 1991 das Amt des Ministerpräsidenten und anschließend des Staatspräsidenten bis zu seinem Tod 1993 ausübte. Inzwischen ist es der Nakşibendiye gelungen, mit der Zahl ihrer Sympathisanten und Anhänger alle anderen in der Türkei inoffiziell weiterexistierenden Derwisch-Bruderschaften zu überrunden. Sie ist auch bei den in Deutschland lebenden Türken zur stärksten Bruderschaft geworden. Bis heute haben viele ihrer »Kulturvereine« die kritische Distanz zum säkularen, laizistischen Staatsideal der Türkei beibehalten und werden vom Nationalen Sicherheitsrat der Türkei als problematisch eingestuft.

Nedim Gürsel hat den Nakşibendi-Derwischen keine Aufmerksamkeit gewidmet. Dies liegt einerseits an der Abgrenzung vieler Nakşibendi-Sympathisanten gegen Schiiten, also auch gegen Aleviten, andererseits an den religiös-politischen Aktivitäten dieser Gruppierungen für vorwiegend sunnitisch orientierte Interessen.

Gürsel geht es ausschließlich um eine anschauliche Darstellung des Volksglaubens jenseits aller politischen Verflechtungen, und hierbei konzentriert er sich auf legendenhafte Überlieferungen der inzwischen politisch längst enthaltsamen Mevlevi- und Bektaşi-Bruderschaften. Gürsel beschreibt mit großer Genauigkeit vor allem Legenden, die sich um Derwische des alevitischen Glaubens, also der eigenen Konfession, ranken, und erschließt hiermit nicht nur den europäischen, sondern auch vielen türkischen Lesern eine völlig neue Welt. Hinter den legendenhaften, märchenhaft wuchernden Erzählsträngen wird deutlich, daß Derwische unterschiedlichster Bruderschaften seit dem 11. Jahrhundert durch friedliche Kolonisierung Anatoliens mehr dazu beigetragen haben, den Islam unter der damals überwiegend christlichen Bevölkerung zu verbreiten, als dies durch die gewaltsame Unterwerfung muslimischer Eroberer geschehen ist.

In der modernen türkischen Geschichtsschreibung werden solche Aufzeichnungen bisher nicht als wichtige Quellen über die schrittweise Islamisierung Anatoliens betrachtet, weil in ihr zahlreiche Elemente des »Aberglaubens« enthalten sind. Gürsel liefert einen Beitrag, solche Quellen ins öffentliche Bewußtsein gerade auch der Türken zu rücken – mit der Aufforderung, die Legenden auf ihren historischen Informationswert hin kritisch zu durchleuchten. Da es sich hier vorwiegend um Quellen aus dem alevitischen Legendenschatz handelt, aber das Alevitentum bis heute durch die sunnitische Orthodoxie weitgehend unterdrückt ist, stellt Gürsel eine durch die türkische Mehrheitsgesellschaft weitgehend verdrängte Literatur in den Mittelpunkt. Hier schreibt der Autor vor allem für türkische Leser.

Westeuropäische Leser oder Türkei-Reisende haben in dieser Hinsicht meist ein anderes Interesse als Gürsel. Sie beschäftigen sich ja als Nicht-Muslime mit Literatur von und über Derwische. Was mich selbst betrifft: Ich lese Derwisch-Legenden und Verse ihrer großen Dichter vor allem auf den Aspekt hin, inwieweit denn ihr mystisches Denken die Barrieren gegenüber anderen Glaubenslehren und Religionen abbaut. Und hier konnte ich sehr aufschlußreiche Entdeckungen nicht nur in den Gedichten eines Celâleddin Rûmi, Yunus Emre und anderen machen, sondern interessante Erfahrungen auch im Verhalten von Pilgern an den Gräbern bedeutender Derwisch-Autoritäten sammeln. So konnte ich immer wieder erleben, daß ich als Nicht-Muslim rituell gleichberechtigt in die Zeremonien einbezogen wurde mit der Erklärung, die Gläubigen aller Religionen seien »unterwegs zu Gott«.

Aber die interessantesten Beobachtungen konnte ich bisher in Deutschland und Österreich machen. Hier wie dort kommunizieren in türkischen wie auch arabischen und iranischen Sufi-Gemeinschaften Muslime mit Christen intensiv miteinander. Ich erhielt die Auskunft, man müsse nicht unbedingt Muslim sein, um Sufi (oder Derwisch) zu werden; denn in der Meditation träfen sich die Gläubigen aller Religionen auf der gleichen Ebene, die Grenzen zwischen den Religionen seien aufgehoben. In dieser entspannten Atmosphäre können sich auch Sunniten und Aleviten vorurteilsfrei begegnen. Einen besonders anschaulichen Eindruck gewann ich, als ich in einer deutschen Großstadt bei meditativer Derwisch-Musik türkische Sunniten und Aleviten wie auch deutsche Christen miteinander musizieren und singen sah. Sufische Religiosität eröffnet hier eine völlig neue Perspektive, indem sie sich gegen jede Religion mit intolerantem Absolutheitsanspruch wendet.

Was in der Türkei zwischen Sunniten und Aleviten an unbefangenem Kontakt kaum möglich ist, geschieht in einem westeuropäischen Staat viel eher. Und nicht nur das: Auch Muslime und Nicht-Muslime können hier leichter über alle Grenzen von Religion und Weltanschauung miteinander in Kontakt treten. Dies liegt zum einen daran, daß in Deutschland, wie in ganz Westeuropa, das Modell eines säkularen Staates und die damit verbundene pluralistische Toleranz um vieles konsequenter verwirklicht ist als in der Türkei. Zum andern kann sich gerade in solch säkularen Staaten auch der Sufismus viel ungehinderter entfalten, eben weil er durch keine einengende islamische Orthodoxie behindert oder gar angefeindet wird.

Der Sufismus mit seiner eigentlich emanzipatorischen Bedeutung wird sich zumindest während der nächsten Jahrzehnte weit besser in Westeuropa als in islamischen Ländern ausbreiten können. Denn je mehr sich ein sogenannter Euro-Islam entwickelt, zu dessen Grundsätzen die Anerkennung einer pluralistischen Gesellschaft gehört, desto mehr verschwinden bei muslimischen Zuwanderern die bisherigen geistigen und emotionalen Barrieren zwischen »Gläubigen« und »Ungläubigen«, Sunniten und Schiiten, Muslimen und Nicht-Muslimen.

Ein Euro-Islam jedoch, der dem Sufismus die volle Entfaltung gewährt, könnte in dieser Form auch auf die Türkei und andere islamisch geprägte Länder zurückwirken.

Halluzination in Konya

In der Nacht, als ich nach Konya kam, verfinsterte sich der Mond. Die Zeitungen schrieben, man könne die Mondfinsternis – zuletzt habe sich dies vor zweitausend Jahren ereignet – überall verfolgen. Und dennoch ist es etwas anderes, den Schatten der Welt, der auf den Mond fällt, in der Steppe unter einem strahlenden, fast durchsichtigen Himmel zu beobachten. Keine einzige Wolke, kein einziger Stern tauchte – noch nicht einmal als Verzierung – im Mondlicht auf, so makellos, tief und verwirrend war der Himmel.

Dann verdunkelte sich der Mond allmählich. Im gleichen Augenblick hörte ich Schüsse, das Klappern von Blechkanistern, Töpfen und Geschirr, Autohupen und das Wehgeschrei von Frauen, das von weitem, aus weiter Ferne kam. Das bedeutete, daß man die Mondfinsternis auch in Konya, wie in allen anatolischen Städten, traditionell mit dem Abfeuern von Schußwaffen und einem Riesenlärm beging, um den Schatten der Welt zu vertreiben. Dabei ist Konya eine der Städte der Türkei, die sich am schnellsten entwickelt haben. Die Straßen sind asphaltiert, man hat Industrie- und Wohngebiete angelegt, für Arbeitsplätze gesorgt und sogar Hochhäuser gebaut. Zu dem geregelten Straßenverkehr, auf den die Stadtverwaltung, von der Refah-Partei regiert, besonders stolz ist, gehört sogar eine Straßenbahn mit drei Waggons, ein Geschenk der Stadt Köln. Die Trambahn fährt vom Alâeddin-Hügel bis in die Viertel am Stadtrand, doch einen Flughafen hat Konya noch immer nicht. Würde ich behaupten, ich hätte mich nicht über die Piste, die sich schnurgerade im Mondschein erstreckte, über die Hangars und Lastenträger gewundert, die zwischen bewaffneten Wachleuten hin und her eilten, um uns das Gepäck abzunehmen, entspräche das nicht der Wahrheit; spät in der Nacht landeten wir mit einer Maschine der staatlichen türkischen Fluggesellschaft auf dem Militärstützpunkt.

Als ich dann zu Fuß zu den Linienbussen ging, die am Haupttor des Militärflughafens warteten, um die Passagiere in die Stadt zu bringen, verfinsterte sich der Mond. Komm nur hierher und erinnere dich nicht an jenen, der seit siebenhundert Jahren unter der kegelförmigen Kuppel liegt, die sich, mit blau-grünen Fayencen verkleidet, in den Himmel erhebt!

> »Komm nur, Sonne, wandre um den Himmel, flügellos,
>   ohne Arme,
> zieh deine Kreise, der Sichel des Mondes und
>   dem Vollmond gleich.«

Dies sagte einer der größten Mystiker des Orients, einer der ekstatischsten Dichter, Celâleddin Rûmi, das heißt unser Mevlâna.

In dieser Nacht tat ich kein Auge zu, verließ mein Hotel, das dem Mausoleum des Mevlâna direkt gegenüberlag, und wanderte eine Weile durch die menschenleeren Straßen. Dann ging ich an der Moschee vorbei und lehnte mich an das Derwischtor des Grabmals. Erinnert der Refah-Turm in Konya etwa nicht daran, daß Selim II., Sohn und Nachfolger Süleymans des Prächtigen, eines Nachts betrunken im Hamam ausrutschte und an einer Gehirnblutung starb? Läßt der Turm nicht Erinnerungen an Selim wach werden, der auf den osmanischen Miniaturen mit der Weinschale in der Hand dargestellt wird? Sein Vater ließ die Bilder malen, als Selim noch Thronfolger war. Auch wenn es manchen Kreisen nicht besonders gefiel, hatte ich diesen Herrscher in einer Live-Sendung des Fernsehens den »Trunkenen Selim« genannt. Von der Welt befreit, strahlte der Mond wieder am Himmel wie kurz zuvor. Durch das Gitterfenster in der Steinmauer blickte ich in den Innenhof. Das Wasser, das Sultan Selim I., der Gestrenge, von einem Palast hatte herleiten lassen, floß aus den Brunnenröhren in die Marmorschalen. Früher strömte das Wasser aus dem Maul eines steinernen Löwen hinter der Brunnenanlage, und die Zeremonien der Mevlevi-Derwische zum Todestag des Mevlâna fanden rings um das Brunnenbecken statt.

Ich versuchte mir vorzustellen, wie die Derwische nacheinander den Innenhof betraten und sich, einander gegenüberstehend, feierlich begrüßten. Mit ihren honigfarbenen Filzhauben, in schwarze Mäntel gehüllt, schienen sie aus einer anderen Welt zu kommen. Sie schritten hinter ihrem Oberhaupt her, das eine weiße Schärpe um seinen hohen, spitzen Derwischhut gewunden hatte. An erster Stelle kamen die Musiker und nahmen — jeder für sich — ihre Plätze im Innenhof des *dergâh*, des Derwischkonvents, ein. Ringsum herrschte Stille. Man hörte noch nicht einmal das Flüstern der Sterne, die im Mondlicht verschwanden. Das Oberhaupt – der Şeyh – breitete ein Lammfell vor der Bleikuppel aus und ließ sich mit untergeschlagenen Beinen darauf nieder, und die Derwische umringten ihn in ehrerbietiger Haltung. Dann begann eine Melodie auf der Rohrflöte, welche die Nacht erzittern ließ. Ganz aus der Tiefe, aus einer Zeit vor vielen Jahren, vor Jahrhunderten, kamen die Laute, so geläutert wie uraltes, fließendes Wasser.

Still und leise wiederholte ich das erste Distichon des *Mesnevi,* das der Mevlâna vielleicht eines Nachts, als der Mond wieder einmal auf den steinernen Innenhof und das Wasser in den Marmorschalen schien, aus dem Turban zog und seinem Freund und Anhänger Hüsameddin Çelebi übergab, sagte — nur für mich — die ersten von sechsunddreißig Halbversen auf, die in jener arabischen Schrift niedergeschrieben sind, wie sie persischen Gedichten eigen ist:

»Hör auf der Flöte Lied, wie es erzählt,
und wie es klagt, vom Trennungsschmerz gequält.«[1]

---

1 Schimmel, Annemarie: Rûmi. Ich bin Wind und du bist Feuer. Leben und Werk des großen Mystikers. Kreuzlingen / München 2003, S. 39.

Die Rohrflöte ist vom Schilfrohr getrennt, und darüber klagt sie. Der Mensch aber klagt über die Trennung von Gott. Und beide brennen darauf, zu ihrem Ursprung zurückzukehren. Um mit ihm zusammenzuwachsen und eins zu werden, in ihm aufzugehen und in der realen Existenz zunichte zu werden:

> »Wem es geschah, daß ihm die Seele vom Urgrund
>   getrennt,
> der wartet, wartet sehnsuchtsvoll auf den Moment des
>   Vereinens.«

Wie Tote, die durch die Melodie der Rohrflöte zum Leben erweckt werden, streiften die Derwische die schwarzen Gewänder ab und begannen sich zu drehen. Die Arme weit geöffnet, drehten sie sich mit ihren Filzhauben im Kreis, mit den kragenlosen Jacken und den Gewändern, die an ein Leichentuch erinnerten, von der Rohrflöte, der Trommel, einer Violine und Kastagnetten begleitet. Je mehr sie sich drehten, um so strahlender erblühten die Seerosen schneeweiß im Innenhof des Derwischkonvents. Ihr Oberhaupt, der Şeyh, saß inmitten der Derwische, gab sich auf dem Lammfell einem fernen Traum hin und versenkte sich in andere Sphären. Er war offenbar nicht mehr auf dieser Welt, hatte seine Existenz abgestreift, und auf der langen Reise, zu der er aufgebrochen war, war er – bei seinem Verweilen in einer anderen Dimension – mit den Engeln ins Schweben geraten. Vor seinen Augen hob sich ein Vorhang nach dem anderen. Die Derwische aber schwirrten durch den Innenhof, drehten sich mal um ihre eigene Achse, bewegten sich mal wie Planeten um die Sonne. Während sie, den Kopf unter der Führung des ersten Tänzers zur Seite geneigt, die rechte Hand zum Himmel geöffnet, mit der Linken der Erde alles gaben, was sie aus dem All herabholten, murmelten sie »Sein Name ist Allmacht« – bei jedem Stampfen auf den Boden, um Schwung zu holen, um sich schneller zu drehen. Wie viele Namen Gott doch hatte, so viele wie Sterne am Himmel und Ameisen auf der Erde. Und wie kurz das Leben doch war, zu kurz, um jeden einzelnen Namen zu lernen, zu lieben, sich zu eigen zu machen und dann herauszuschreien! Das waren nicht jene, die sich wie Kreisel an der großen Halle entlangdrehten, in der sich die Zellen befanden, nein! Das waren die Seelen der Großen der Mevlevi. Sultan Veled, der Sohn des Celâleddin Rûmi, der den Tanz der Derwische zu einer festen Einrichtung machte, drehte sich; Eflâki Dede, auch Aflâki genannt, drehte sich um der Legenden willen, die er erzählte, Feridun Sipehsâlâr, einer der frühen Biographen Rûmis, um der Allmacht Gottes willen, und Hüsameddin Çelebi drehte sich, hingerissen von der Wirkung des *Mesnevi*, das er nach dem Diktat Mevlânas schrieb. Und alle warfen die schwarzen Gewänder ab, als reinigten sie sich von der schwarzen Erde, um über die Endlichkeit hinauszugelangen. Da drehen sie sich nun, so ganz in Weiß, rasend und verzückt. Auch in Paris hatte ich die Derwische ihren Tanz aufführen sehen, auf einer Bühne, die kleiner war als dieser Innenhof, sowie unter den hell leuchtenden Kristallüstern des Galata Mevlevihanesi in Istanbul im Stadtviertel Tünel, das heißt im Haus der tanzenden Derwische von Galata. Doch es war etwas anderes, im Mondschein von Konya, der das Grabmal des Mevlâna erstrahlen ließ, von ihnen zu träumen. Denn hier war der erste Tanz von Mevlâna persönlich angeführt worden, und selbst wenn dies nicht unter der Kuppel geschehen war, dann etwas weiter vorn, auf dem im Dunkeln schweigenden Markt der »blinden und stummen« Goldschmiede.

Damals glich der Markt von Konya noch nicht einem Flohmarkt – wie heute. Es gab keine Betongebäude, eins häßlicher als das andere, und keine großen Läden, die den Touristen Kelims verkaufen. Der Handel war noch nicht mit Betrug verknüpft. Man rief nicht von der Rokoko-Galerie der Aziziye-Moschee, sondern vom stämmigen kleinen Minarett der

İplikçi-Moschee zum Gebet, deren Ziegelmauern sich hinter dem Markt der Garnhändler auf Säulen erheben. Für den Markt galt die Ordnung der Gilde, hier herrschten die Sitten der Zunft. Alle Handwerker und Gewerbetreibenden hatten ihren festen Platz in der Bruderschaft, und allen wurde Respekt gezollt. Die Schneider erhielten ihren Segen vom Propheten İdris, die Gerber von Ali Evren, einem Vertrauten von Hacı Bektaş, die Bäcker von Ömer-i Berber-i, die Goldschmiede von Nasir bin Abdullah, die Wasserträger von Selman-i Kufi, und sie banden sich den wollenen Leibgurt um. Keine hektische Menschenmenge, im Sommer Touristen und im Winter Bewohner der Stadt, drängte sich – wie jetzt – in den Straßen; in der Hauptstadt der Seldschuken lebten Christen und Muslime, Juden und Parsen alle in Eintracht miteinander; Georgier und Griechen, Araber und Tataren, Turkmenen und Byzantiner, Armenier und sephardische Juden, die von den Kreuzzügen übriggeblieben waren, konnten alle in denselben Läden einkaufen und in denselben Herbergen übernachten.

In dieser Epoche, das heißt zu der Zeit, als der Markt seinen Namen zu Recht trug, ging nun also der Mevlâna eines Abends aus, um seine trüben Gedanken zu verscheuchen. Die segensreichen Hände in den Ärmeln seines Gewandes, schritt er gedankenverloren dahin, immer noch seinen Seelen- und Herzensgefährten, Şemseddin aus Täbriz, im Sinn, der eines Nachts verschwunden war und nicht wiederkehren sollte, und erwiderte den Gruß der Händler, die vor ihren Läden standen. Nicht nur die Meister, sondern auch Gehilfen und Lehrlinge verneigten sich dank der guten Erziehung, die ihnen die Zunft hatte angedeihen lassen, mit Respekt vor dem bedeutenden Weisen, dem Herrn mit seinem reichen Wissen, der nicht nur Gelehrter, sondern auch Oberhaupt eines Konvents war, und wetteiferten miteinander, ihn in ihre Läden zu bitten. Doch der hohe Herr war traurig gestimmt, ging weiter und hing einem Bild nach,

Şems aus Täbriz; er trauerte dem Bild des Heiligen nach, der sein Leben durcheinandergewirbelt hatte, eines Erhabenen, der ihn schon bei ihrer ersten Begegnung in Bann gezogen hatte. Dieses gedankenverlorene Wandern, diesen Zustand würde ein blinder wandernder Sänger und Dichter, der Jahrhunderte später aus derselben Erde sproß, mit seiner Saz, der Langhalslaute, zur Sprache bringen:

»Auf einem langen, schmalen Pfad bin ich,
wandre Tag und Nacht,
weiß nicht, woher ich kam,
wohin ich geh, wandre Tag und Nacht.«

Auf einmal blieb der Mevlâna stehen und lauschte der Stimme, die aus den Tiefen des Marktes kam. Als er innehielt, stand auch der Betrieb an den Ladentheken still. Die Blasebälge bliesen nicht, kein Kessel loderte, und niemand hämmerte auf Stahl. Doch das Geräusch, das dem Hämmern von Gold auf dem Amboß glich, dauerte an. Es kam ihm so vor, als dehnte sich das Blattgold Blatt um Blatt immer feiner. Nachdem es tüchtig geschlagen und hauchdünn geworden wäre, würde es die handgeschriebenen Bücher im Laden eines Vergolders verzieren und künftig auf den Blättern des Ozeans von Büchern leben, dem er seine Jugend geopfert hatte. Fische, die wie vielfarbige Fayencen im Wasser miteinander spielten. Ein seltsames Gefühl überkam den Mevlâna. In den Tiefen seines Herzens spürte er den Schmerz um Şems, der ihn von den Büchern fortgerissen und ins Meer der Liebe gestürzt hatte. Der Schmerz war noch frisch, und auch wenn mittlerweile viele Jahre vergangen waren, hatte die Wunde sich noch nicht geschlossen. Er führte die rechte Hand zum Kragen seines Gewandes und kniff die Augen halb zu. So glich er einem byzantinischen Heiligen, der einsam in der Steppe friert. So verloren, sonderbar und verlassen. Plötzlich fiel der Kopf Celâleddins auf die rechte Schulter, als ergäbe er sich dem Feuer, das aus seiner Seele aufstieg. Und begeistert von dem harmonischen Rhythmus der Hammerschläge, die aus der Werkstatt eines Goldschmieds drangen, begann er, gleich dort, wo er stand, mit einer ganz langsamen Drehung. Je mehr er sich drehte, um so mehr nahm sein Kummer um Şems ab, und er fühlte sich erleichtert. Je schneller er sich drehte, um so rascher fielen die Hammerschläge, und das Blattgold auf dem Amboß wurde feiner und feiner und schließlich ganz flach und glatt. Und als Celâleddin sich so, ganz außer sich, drehte, sah das der Goldschmied Selâhaddin, fing Feuer und befahl den Lehrlingen, den Hammer schneller zu schwingen. Er sprang aus dem Laden und begann sich ebenfalls zu drehen. Der liebeskranke Mevlâna und der Goldschmied Selâhaddin umarmten einander im Tanz. Je mehr die Hämmer das Blattgold zerschlugen, um so lauter schrie der Goldschmiedemeister den Lehrlingen zu, sie sollten nur nicht innehalten und schneller, immer schneller schlagen. Vielleicht murmelte er heimlich, still und leise auch Verse des Derwischs Yunus vor sich hin, der die Poesie seines Lehrmeisters, Taptuk Emre, eines der Großen unter den Turkmenen, unter die Leute gebracht und dem Mevlâna in einem Gespräch gesagt hatte: »Du hast das *Mesnevi* ganz schön in die Länge gezogen! Ich hätte dir leibhaftig erscheinen und es abschließen sollen!« Auch der Mevlâna konnte weder lesen noch schreiben, wie Yunus Emre. Woher sollte er also wissen, daß die Liebe langsilbig ist!

»Fand das Herz der Herzen geb mein eigenes auf
Geb nichts auf Gewinn geb meinen Laden auf«[2]

---

2 Yunus Emre: Das Kummerrad/Dertli Dolap. Aus dem Türkischen von Zafer Şenocak. Frankfurt am Main 1986, S. 59.

Und je mehr Goldstücke zerhämmert wurden, um so mehr geriet der Meister in Ekstase. Je mehr er sich, eng umschlungen mit dem Mevlâna, drehte, spürte er, wie er, trotz seines fortgeschrittenen Alters, jünger wurde, sich vom Stimmengewirr des Marktes entfernte, in den Armen seines Herrn dahinflog und bis zu den Sternen gelangte.

Nach dieser Begegnung wurde der Goldschmied Selâhaddin Mevlânas Schüler, wurde sein Anhänger und trennte sich bis zu seinem Tod nicht mehr von ihm. Nun lautete sein Name *Zerkûb,* seine Seele aber war der innere Spiegel seines Meisters. Je mehr der Spiegel strahlte, um so mehr rührte dies an das Herz des Meisters, schöner als das Original, wahrhaftiger – und ihm näher. Er ließ den Mevlâna den Schmerz um Şemseddin vergessen und wurde zu einer der Inspirationsquellen für das *Mesnevi.*

* * *

So hatte denn Sema, der ekstatische Tanz, im Jahr 1249 vor dem Laden eines Goldschmieds auf dem Markt von Konya begonnen, als der Ansturm der Mongolen, der das Seldschukenreich in seinen Grundfesten erschütterte, seinen Höhepunkt erreichte. Der mystische Reigen dauert seit jener Zeit an. Und bei jeder Drehung nähern die Derwische sich etwas mehr der Einheit mit Gott, das heißt der Unendlichkeit, und entfernen sich etwas mehr vom Diesseits. In einem unaufhaltsamen Strom, in einer herrlichen Ekstase lösen die Derwische sich wie ein brennender Docht in der Öllampe auf. Mit Mevlâna könnten wir sagen:

»Inmitten von Dornen sind sie Rosen doch gleich,
Gefangene sind sie, doch wie der Wein.
Sie stecken im Lehm, doch wie Herzen,
tief in der Nacht, doch wie der Morgen.«

Sema, der wirbelnde Tanz, hörte plötzlich mit dem Ruf des Herrn und Meisters auf. Genauso, wie sie gekommen waren, verließen die Derwische den Innenhof, einer nach dem anderen. Vielleicht verschwanden sie in den Zellen, vielleicht im Rosengarten nebenan. Zu so später Stunde würden sie doch bestimmt nicht in die Küche gehen! Ihr Verschwinden, gemeinsam mit ihrem Oberhaupt, war natürlich ein Wunder. War *Gottes Geheimnis*, Şemseddin aus Täbriz, etwa auch am Ende einer mondhellen Nacht spurlos verschwunden, als der Mond bei Nieselregen unterging?

Ich stand wie versteinert vor dem Derwischkloster und kam gar nicht auf die Idee, ins Hotel zurückzukehren. Irgendwo jaulten Hunde, und ich hörte den Schrei der Eule, der über dem Friedhof der drei Heiligen laut wurde. Im gleichen Augenblick verstummte das Wasser, und eine seltsame Stille legte sich über den Innenhof. Ich erinnere mich nicht, wieviel Zeit mittlerweile vergangen war. Wie festgenagelt stand ich vor dem Gitterfenster zum Innenhof und konnte mich nicht von der Stelle rühren. Allmählich ließ die Kühle der Steppennacht nach, und Dunkelheit senkte sich auf die Kuppeln. Vielleicht war der Mond hinter den Wolken verschwunden, vielleicht kam es mir auch nur so vor. Von meinem Platz aus konnte ich nicht ins Mausoleum blicken. Doch nach dem Glauben der Mevlevi könnte *şems*, die Sonne, jeden Augenblick aus dem Südtor treten, aus dem Tor nach Mekka; ihr strahlendes Gesicht unter dem spitzen Filzhut, unter dem jeder, der ihn aufsetzte, im Nu verschwand, könnte auch mich in ihre Welt hinüberziehen; genauso wie Şems, die Sonne des Glaubens, den Mevlâna mit seinen feurigen Blicken verführte, könnte die Sonne mich in ihrem Meer auflösen. Nein, ich hatte keine Angst. Ganz im Gegenteil, ich wollte auf Şemseddins Spuren wandeln, alle Wege mit ihm gehen, durch Steppen ziehen und durch Wüsten wandern, bis Damaskus, ja sogar bis Täbriz, um hinter das Geheimnis des Meisters zu kommen. Doch wie verzaubert hing ich an den Gitterstäben des Fensters, konnte mich nicht davon lösen und nirgendwohin gehen. Im Mondlicht konnte ich – bis zum Tageserwachen – nur noch von jener Zeit träumen. So einsam, verzaubert und versonnen … Wenn der Herr und Meister doch nur aus seinem Versteck hervorträte und zu mir käme oder sich ganz langsam von hinten näherte und mir die segensreiche Hand auf die Schulter legte! Und niemanden würde ich sehen, wenn ich mich umdrehte! Oder wenn er mir, was weiß ich, doch wahrsagte und ein Zeichen gäbe! Mittlerweile war der ganze Innenhof in Licht getränkt. Ich glaubte, das komme vom Mondschein, aber nein, das war es nicht. Heller und heller wurde es, und meine Augen waren geblendet. Mir war, als sähe ich einen Derwisch mit weißem Bart auf die Gitter des Fensters zugehen. Sein Gesicht strahlte wie die Sonne, so daß ich nicht imstande war, ihn anzublicken. Einen Moment lang mußte ich die Augen schließen. Als ich sie wieder öffnete, war niemand zu sehen. Der Innenhof lag einsam und verlassen im Mondlicht. Direkt vor mir war ein Derwisch-Wams auf dem Stein ausgebreitet. Als ich Blutflecken darauf erkannte, fuhr ich erschrocken zurück. Wie der Derwisch mit dem weißen Bart war dann auch das Wams verschwunden.

Doch wer war Şems? Wie hatte dieser geheimnisvolle Derwisch, um dessen Namen sich Legenden ranken und über den so viele völlig falsche Geschichten im Umlauf sind, den Mevlâna so beeinflussen können, daß er ihn zu den schönsten Gedichten in seinem *Divan-ı Kebir* inspirierte? Bekannt ist dieses Werk auch unter dem Namen Diwan-e Rûmi oder Kolliyât-e Šams-e Tabrizi, gab der Mevlâna doch Şemseddin als Verfasser seiner Verse aus.

Aus alten Quellen geht hervor, dass Şems in Täbriz geboren ist. Demnach war es ein Wanderderwisch, der sich kasteite und sich, wohin er auch wanderte, in Karawansereien niederließ. Daher nannte man ihn auch den *Fliegenden Şems*. Wenn man all das betrachtet, was sein einziges uns bis heute erhaltenes

Werk, das *Mukaalat*, berichtet, begreift man, daß er viele Wunder tat und, mit einem Ausdruck der Sufis, ein *Şeyh*, ein zu intensiver Ekstase fähiger Meister, war. Sein Leben, von dem wir kaum etwas wissen, ist voller Geheimnisse. Im *Mukaalat* sagt er:

»In Täbriz hatte ich einen Lehrmeister namens Ebû-Bekr. Er flocht Körbe, und damit bestritt er seinen Lebensunterhalt. Vieles lernte ich von ihm. Doch ich hatte etwas, das mein Herr nicht sah. Das hatte vorher doch sowieso niemand erkannt. Und das also erkannte Mevlâna, mein Herr und Gebieter.«

Şems kam in den Jahren zwischen zwei Katastrophen nach Konya, zwischen 1237, als der größte Herrscher der Seldschuken, Alâeddin Keykubad, starb, und der Niederlage von Kösedağ im Jahr 1243, die der Vorherrschaft der Mongolen den Weg bahnte. »Die Ankunft von Şemseddin aus Täbriz – möge Gottes Segen immer darauf ruhen – geschah an einem Samstagmorgen, am 26. Tag des sechsten Monats des Jahres 642«, so ließ der Mevlâna den genauen Zeitpunkt festhalten, und das bedeutet, nach unserer Zeitrechnung kam Şems Ende November 1244 in der Hauptstadt der Seldschuken an. Und kaum war er angekommen, zog er den Mevlâna, der sich bis zu jenem Tag mit seinen Lehren die Anteilnahme und Liebe des Volkes erworben hatte, aus der Medrese, der theologischen Lehrstätte, fort, schloß ihn in der Einsamkeit einer Zelle ein und schlug ihm vor, nicht durch Wissen, sondern durch Liebe zur Wahrheit zu gelangen. Von der Begegnung der beiden »Weltenmeere« berichtet Eflâki, das heißt Şemseddin Aflâki, der 1353 starb: Der Mevlâna lehrte in der Karatay-Medrese, dem bedeutendsten Kulturzentrum seiner Zeit. Einer seiner Studenten fragte ihn, den Lehrmeister, wo der *Ehrenplatz* sei. Nachdem der Mevlâna erklärt hatte, der Ehrenplatz der Gelehrten sei mitten auf der Bank, der Ehrenplatz der Wissenden eine Nische des

Hauses, der Ehrenplatz der Sûfis am Rande der Bank, der Ehrenplatz der Liebenden jedoch der Schoß des Geliebten, stieg er vom Rednerpult, ging an der Prominenz des Staates und den Wesiren vorbei, die ihm in der ersten Reihe lauschten, und ließ sich neben Şemseddin aus Täbriz nieder, der ganz weit hinten unter dem Volk saß. Und die beiden »Liebenden« trennten sich nie mehr voneinander. Bis der Klatsch sich ringsum verbreitete und Şems auf den Druck von Celâleddins Anhängern hin Konya verließ; sie verübelten ihm, daß sie den Mevlâna nicht mehr so oft wie früher sahen und auf das Gespräch mit ihm verzichten mußten. An dem Tag, an dem Şems verschwand, wurde Hüsameddin Çelebi vom Mevlâna diktiert:

»Er, die Essenz aller Seelen, das Geheimnis des Kristalls und der Öllampe, Gottes Licht in jenen, die vor uns, und jenen, die nach uns kommen – möge Gott ihm ein langes Leben bescheren, möge er wohlbehalten und gesund zu uns zurückfinden – im Jahr 643 hat er uns an einem Donnerstag, am 21. Tag des zehnten Monats, verlassen.«

Auch in der Tradition der Anhänger des Hacı Bektaş gibt es allerlei Legenden über Şemseddin. Das *Vilâyetname*, das heilige Buch der Aleviten, erzählt mit einer viel interessanteren Allegorie als Eflâki von der ersten Begegnung des Wanderderwischs mit dem Mevlâna. Auch das *Vilâyetname* nennt den Şeyh aus Täbriz einen erhabenen Heiligen. Auf den Wunsch des Mevlâna hin schickt Hacı Bektaş ihn nach Konya. Gleich nach seiner Ankunft heilt er den blinden, an Armen und Beinen gelähmten Sultan Veled, den Sohn des Mevlâna. Doch nicht nur durch dieses Wunder erobert er das Herz von Celâleddin Rûmi. Eines Tages, wiederum in der Karatay-Medrese, vollbringt er – während der Mevlâna lehrt – ein solches Wunder, daß er alle von seiner Macht überzeugt. Dieses Wunder spielt auch insofern eine wichtige Rolle, als es die feine Grenzziehung zwischen Wissen und Liebe, Innerem und Äußerem, dem Scheriatsrecht und dem Derwischkonvent deutlich werden läßt. Eigentlich liegen zwischen Şemseddins erster Ankunft in Konya und der Zeit, in der die Karatay-Medrese erbaut wurde, ein paar Jahre, aber sei's drum. Es ist viel poetischer und paßt viel besser zur Legende, vom Mevlâna zu träumen, als der in der Medrese hier lehrte, und sich vorzustellen, wie die beiden Ozeane sich zum ersten Mal unter der Kuppel dieses Baus trafen. Denn die Karatay-Medrese ist eines der ganz seltenen Hauptwerke der seldschukischen Architektur, die uns bis heute erhalten sind. Ein Wunderwerk, bei dem alles aus einem Guß ist, die Kunst der Fayencen und die Kunst der Gravur; ein Ort, der uns mit den Portalen aus reinem Marmor, den arabischen Schriftbordüren, den Bögen und der Kuppel verzaubert; mit den blauen, rötlich-violetten und dunkelblauen Fayencen, deren Farben – wie jammerschade! – dem Zahn der Zeit in den einzelnen Abschnitten des Stützwerks der Kuppel nicht standgehalten haben und abgeblättert sind. »Wenn man die Medrese betritt, erkennt man, daß sich das Firmament mit seinem Blau, mit den Sternen, der Milchstraße und dem Regenbogen zur Kuppel verkleinert, Miniaturform angenommen hat und herabgestiegen ist«, schreibt İbrahim Hakkı Konyalı. Wie auch immer, stellen Sie sich vor, daß die um das Brunnenbecken unter der Kuppel versammelten Studenten der Medrese dem Mevlâna lauschen. Der hohe Herr ist in die Lektüre des Korans vertieft, der aufgeschlagen vor ihm auf dem Lesepult liegt, und deutet den tiefen Sinn eines Verses. Plötzlich erscheint ein Derwisch auf der Bildfläche, Haar und Bart zerzaust, die Kleider zerlumpt, durchbricht den Kreis der Studenten und kommt zum Mevlâna, der mit gekreuzten Beinen vor dem Lesepult sitzt. Şemseddin greift nach dem Koran und wirft ihn mit anderen Büchern ins Becken. Nachdem die Bücher eine Weile im Licht der sich im Wasser spiegelnden Sterne der Kuppel hin und her geglitten sind, versinken sie mit ihren schwerer werdenden Blättern allmählich in der Tiefe. Der Mevlâna befiehlt dem außer sich geratenen Derwisch, wenigstens den Koran aus dem Wasser zu fischen. Der Derwisch holt den Koran aus dem Bassin, und nachdem er den Schlamm aus den Seiten geschüttelt hat, stellt er ihn auf seinen Platz, auf das Lesepult vor dem Mevlâna. Und mit Weinschalen in der Hand beginnen die beiden »Weltenmeere«, von Sängern und Musikern begleitet, mit dem Sema, dem rituellen Tanz. Solange sie sich drehen, kreist auch die Kuppel über ihnen, und mit dem Licht der Fayencen fallen auch die Sterne vom Firmament ins Becken.

Unbestreitbar hat Şems beeindruckende Züge. Er ist schlagfertig und rebellisch zugleich. Er hat die Neigung, Wissen und Erkenntnis – natürlich ist hier religiöse Erkenntnis gemeint – durch Ekstase zu verstärken. Um die Schönheit Gottes indirekt zu erklären, kann er zu dem Oberhaupt eines Derwischkonvents, das behauptet, es betrachte den Mond in einer Waschschüssel, sagen: »Mensch, du hast wohl ein Furunkel im Nakken! Heb den Kopf doch endlich mal vom Becken, und guck in den Himmel, Mann!« Er erkannte, daß er weder für die Medrese noch für den Konvent geschaffen war. Sein Ort waren die Karawansereien, die wahren Nester der seltsamen Vögel. Im *İntihânâme*, seinem letzten epischen Werk, erzählt Sultan Veled, daß der Mevlâna bis in die Morgenstunden hinein im Licht einer Kerze zu lesen pflegte, bevor er Şems begegnete. Dieses Treffen habe eine tiefgreifende Verwandlung bei Celâleddin Rûmi bewirkt, und der Mevlâna sei von dem jungen Mann aus Täbriz »entzückt« gewesen.

»Zur rechten Zeit trat ein Herr der Herzen, der Beherrscher der Herrscher, ein erhabener Gelehrter in Erscheinung. Beim Volk hatte er den Beinamen Şems aus Täbriz. Doch all jenen, die Herz und Augen offenhielten, war er das Licht des Lichtes, das Geheimnis Gottes. Im Diesseits war er Freund und Geliebter und erreichte den höchsten Grad der Heiligkeit. Als er zum Mevlâna kam, flogen beide aufeinander zu. Mevlâna war von Şemseddins Gesicht, seiner Schönheit, seiner gottgleichen Natur entzückt, von seinen wunderschönen Augen, von der unbeschreiblichen Lauterkeit, vom Reiz und von seinem Mund – einem Mund voller Geheimnisse wie eine Perle, der freien Menschen mit seinen Worten Harmonie spendete. Aus Eifersucht hatte Gott ihn versteckt, damit niemand im Diesseits ihn erkannte. Mevlâna war Şems fast so verfallen, daß jener Leylâ war und er – Mecnun. Ohne ihn war seine Ruhe dahin, und immer wenn er ihn nicht sah, ihm nicht ins Gesicht blicken konnte, war ihm fast so, als fiele er ins Dunkel. Tag und Nacht lebte er mit ihm zusammen, ohne sich von ihm zu trennen, und die Trennung von Şemseddin war ihm unerträglich. Er hatte sich in einen Fisch verwandelt, der nur im Meer des Meisters aus Täbriz schwamm, und war mit allen Sinnen sein Diener geworden.«[3]

Es ist auch besonders interessant, wie Abdülbâki Gölpınarlı, der uns dies vermittelt und durch den wir etwas über den Mevlâna wie auch über Şems erfahren, die Beziehung der beiden Heiligen, die heute in zwei verschiedenen Grabstätten in Konya, fern voneinander, ruhen, zusammenfaßt:

»Das ist eine sengende Sonne, von keiner Wolke verdunkelt. Mit seinem Licht hat er alles ringsum in Brand gesteckt, angezündet und in Licht getaucht – und Mevlâna dem Kosmos gezeigt. Das ist ein wogendes, schäumendes Meer, das keinen Grund, kein Ufer kennt. Überschäumend, ungebändigt hat er dem Ufer den Mevlâna geschenkt, eine Perle von unermeßlichem Wert.«

3 Vgl. Yaşar Nuri Öztürk: Rûmi und die islamische Mystik. Über das Menschenbild im Islam. Aus dem Türkischen übertragen und mit Anmerkungen versehen von Nevfel Cumart. Düsseldorf 2002, S. 16.

Auch Ahmet Hamdi Tanpınar, der zweifellos eine der originellsten, besten Würdigungen Konyas verfaßte, spricht in *Beş Şehir – Fünf Städte* von der mysteriösen Persönlichkeit des Şems aus Täbriz:

»Zweifellos war das eine Persönlichkeit, die so anziehend war wie ein Magnet. In den innigen Gesprächen mit dem Mevlâna hat er ganz andere Dinge gesagt, als in den Sagen- und Legendenbüchern erzählt wird. Vielleicht hat er auch gar nicht gesprochen. Er hat seine Umgebung nur mit seiner Existenz, seinen Blicken und seinem Schweigen beeinflußt. Alles um Şems aus Täbriz ist Rätsel und Geheimnis, vom Namen angefangen bis zu seinem Tod, denn schon der Name Şems – die Sonne –, in dieser Epoche ein Modename, hat eine besondere Bedeutung.«

Als Şems Konya verließ, konnte Mevlâna es nicht ertragen, daß sein Gefährte nicht mehr da war. Um seinetwillen schrieb er die innigsten, die kummervollsten Trennungsverse und verfolgte insgeheim seine Wanderungen ständig aus der Ferne. Schließlich schickte er Sultan Veled, seinen Sohn, nach Damaskus – einer anderen Überlieferung nach reiste Celâleddin selbst nach Syrien – und sorgte dafür, daß Şemseddin nach Konya zurückkehrte.

»Meine Sonne, mein Mond kehrte heim,
mein Auge, mein Ohr kam zurück.
Mein Silber kehrte wieder,
meine Goldgrube kam zurück.
Meine Trunkenheit kam wieder,
das Licht meiner Augen kehrte zurück. (...)
Jener, der meinen Weg kreuzte, kam wieder,
jener, der mich aus der Bahn warf, kam zurück.
Schön ist das Silber,
stand mir unverhofft vor der Tür. (...)

Laßt uns Wein trinken, Wein!
Blitze sprüht mir der Sinn,
das ist der rechte Moment!
Vögel müssen wir werden, fliegen sollen wir,
mein Arm, mein Flügel kehrte wieder!
Die Welt – im Nu in Licht getaucht!
Die Welt – im Nu wie der Morgen!
Das nun ist der Moment des Geschreis,
der Augenblick des Gebrülls!
Mein riesiger Löwe kam heim!«

Doch das gemeinsame Brüllen der beiden riesigen Löwen, ihr
Heraustreten aus der Abgeschiedenheit der Zelle und ihr Ein-
tauchen ins Meer der Liebe, ihr wirbelnder Tanz und die
mystische Verzückung machten Mevlânas Schüler rasend
vor Wut. Mit einem Komplott, an dem sich der zweite Sohn
Celâleddins, Alâeddin Çelebi, beteiligte, lockte man Şems in
den Innenhof des Derwischklosters. Damals existierte weder
das Bassin da drüben noch das im Mondlicht mal strömende,
mal verharrende Wasser. Natürlich war auch die Kuppel mit
den blauen Fayencen, von der ich mich nicht einmal zu
dieser späten Nachtstunde trennen konnte, nicht da. Damals
kam alles, was strömte, und alles, was leuchtete, vom Mevlâna. Doch damals, als sein Vater, »Bahaeddin Veled, der Herr
der Gelehrten«, aus der Stadt Balch in Chorasan mit seiner
Familie aufbrach und sich in Konya niederließ, gab es schon
das Mausoleum und das Grabmal in dem Rosengarten, den
Alâeddin Keykubad, der Herrscher der Seldschuken, ihnen
gnädigst überlassen hatte. Und als Şems dann also in einer
Zelle dieses Klosters mit dem Mevlâna ins Gespräch vertieft
war, rief Alâeddin Çelebi ihn nach draußen. Vielleicht war
Alâeddin in die Frau des Şeyh verliebt, in Kimya Hatun, die
Şems nach seiner Rückkehr nach Konya geheiratet hatte, das
heißt in die Pflegetochter des Mevlâna, mit der Alâeddin

aufgewachsen war, vielleicht wollte er sich auch nur an dem Fremden rächen, der seinem Vater den Kopf verdreht hatte. Şemseddin sagte zum Mevlâna: »Sie rufen mich zum Sterben.« Einen Augenblick lang herrschte Schweigen. Ich könnte mir vorstellen, daß die Blicke der beiden, die einander nahe waren, sich begegneten. Ihre Blicke hatten sich sowieso getroffen, doch jetzt sahen sie das Universum mit ihrem inneren Auge, sie waren gewöhnt, den Stimmen der Natur mit ihrem inneren Ohr zu lauschen. Auch wenn es manchmal geschah, daß sich widerwärtiger Klatsch in diese heiteren Laute mischte. Klagte Mevlâna nicht in einem seiner Gedichte:

»Dummdreist klatscht der Feind über mich,
das hört mein inneres Ohr.
Schlechtes denkt er über mich,
das sieht mein inneres Auge.
Hetzt seinen Hund auf mich,
da beißt mich der Köter ins Bein,
weh tut mir das, schrecklich weh.
Bin kein Köter, kann ihn nicht beißen,
beiß mir die Lippe dafür.«

Ja, ein schauerliches Schweigen legte sich auf das Derwischkloster. Draußen im Rosengarten rauschten vielleicht die Zypressen, vielleicht war es regnerisch. Was man hörte, war das Nieseln des Regens. Auf jeden Fall muß es genieselt haben, »zögernd, leise, wie verräterisches Flüstern; wie das Hasten nackter, weißer Renegatenfüße über feuchte, schwarze Erde«. Das innere Ohr des Şeyh hatte die Schritte der Renegatenfüße im Innenhof gehört. Daher seine Reaktion – »Sie rufen mich zum Sterben.« Als der Mevlâna nach langem Schweigen sagte: »Sein ist die Schöpfung, und sein ist das Gebot, gesegnet sei Gott, Herr des Diesseits und des Jenseits«, ging Şems hinaus.

In der Finsternis fielen die Schatten mit Dolchen über ihn her und warfen den Leichnam in den Brunnen.

Vergebens wartete Mevlâna darauf, daß Şems zurückkehrte, wartete darauf, daß sie ihr Gespräch dort fortsetzten, wo sie es abgebrochen hatten. Minuten, Stunden, Monate und Jahre vergingen. Der Sommer kam, dann der Herbst, dann der Winter und das Frühjahr, doch Şems kehrte nicht wieder. Lange verschwieg man seinen Tod. Ständig hoffte Mevlâna, sein Herzensfreund werde eines Tages zurückkehren, und unverdrossen erwartete er ihn. In der Poesie, im Spiel auf der Saz und im Tanz suchte er Trost. Wie er in einem seiner Gedichte andeutet, wollte er vielleicht nicht glauben, daß Şems ermordet worden war, obwohl er die Wahrheit kannte:

»Leih mir dein Ohr, hör mir zu,
sieh nur, was der Polizeipräsident sagt:
In diesem Viertel verschwand ein schlauer Kopf, sagt er,
mittlerweile fand jemand unverhofft seine Fährte, sagt er.
Seht nur die Beweise, sagt er.
Da ist nun ein Kleid, in Blut getränkt, sagt er. (...)
Der Liebenden Blut, nie wird es alt und wird nicht
    vergessen.
Der Liebenden Blut, bleibt es doch immer, wie es ist,
immer so frisch und so heiß (...)
Wirst auch du eines Tages gemordet,
wirst ins Unendliche du eingehen,
immer lebendig bleiben wirst du, quicklebendig.
Gegrüßet seist du mir, Täbriz,
von eines Märtyrers Seele!«

Und in einem anderen Gedicht ruft der Mevlâna aus:

»Wo du Leute beieinander siehst, ruf es aus!
Zögere nicht, schrei: He, ihr Leute,

40

habt ihr einen entflohenen Diener gesehen, he, (...)
Ist das der Fall, dann soll einer eilen und mir Nachricht von
    ihm bringen, ruft es aus!
Eilen soll einer und mir von ihm berichten, ist das der Fall,
    sag nur, ihm gab ich mein Herz, und er ging von dannen,
    ruft es aus!
Ihm gab ich mein Herz, und er ging von dannen.«

Bis Mevlâna den Goldschmied Selâhaddin traf, schenkte er
jedem, der ihm sagte, er bringe Nachrichten von Şems, alles,
was er hatte. Stellte sich dann heraus, daß die Nachricht erlogen war, ärgerte er sich keineswegs, sondern er sagte den Leuten, die ihn warnten: »Für die falsche Nachricht gab ich meinen Turban und meine Kleider hin, hätte sie gestimmt, hätte
ich meine Seele dafür gegeben.«

* * *

Am nächsten Tag ging ich inmitten eines fürchterlichen Ge-
dränges von Touristen in den Innenhof des Derwischklosters.
Der Mondschein hatte seinen Platz der sengenden Sonne
überlassen, und nichts war von meiner Halluzination der vergangenen Nacht übriggeblieben. Zuerst ging ich an den Zelten entlang. Es war kaum anders als in einem Kramladen. Am
liebsten hätte ich diese Kaufleute im Namen des Mevlâna –
vermutlich waren sie von der Stadtverwaltung, in der die Refah-Partei das Sagen hat, abhängig – wie einst Jesus aus dem
Tempel gejagt, diese gottesfürchtigen fliegenden Händler, die
bei den Leuten, die aus allen Himmelsrichtungen kamen,
zusammen mit Tellern, Näpfen, Keramik und touristischem
Plunder alles, was mit dem Mevlevi-Orden zu tun hatte, an
den Mann bringen wollten, und sei es auch noch so ge-
schmacklos! Vergebens hatte der Mevlâna gesagt: »Konya ist
eine goldene Schale, und darin wimmelt es von Skorpionen.«
Das Kloster war eigentlich kein Museum, es hatte sich in

einen Trödelmarkt verwandelt. Und dennoch verbrachte ich Stunden vor den Vitrinen, in denen die Devotionalien der Derwische ausgestellt sind, und versuchte mich von dem Verkaufsgewimmel fernzuhalten. Denn wegen all der Dinge, die in den Vitrinen lagen, und um der Poesie willen, die aus jener Zeit übriggeblieben war, lebte die Seele der großen und kleinen Derwischkonvente weiter, die nach der Gründung der Republik geschlossen worden waren. Ich aber war bei meiner ersten Reise nach Konya dieser Seele auf der Spur, die in Şems Gestalt angenommen hatte. Die Symbole des Mevlevi-Ordens, die vielleicht eine der eindrucksvollsten Seiten unserer früheren Kultur repräsentieren, wollte ich näher kennenlernen, wollte die Epoche verstehen, in der man sich nach ihnen gerichtet hatte, und ihre einstige Bedeutung erkunden und aufzeigen.

Um in diese Welt der Symbole einzudringen, reicht es nicht aus, das soziale Gefüge Anatoliens im Mittelalter zu kennen, die historischen Ereignisse sowie die Phasen der Hungersnöte und Katastrophen in die all jene Unruhen mündeten, die mit der Invasion der Mongolen und den Aufständen begannen. Man muß auch zu begreifen versuchen, warum sich die Menschen in dieser Zeit dem Sufismus verschrieben, sich vorstellen, wie sie sich allmählich von der Realität, in der sie lebten, entfernten und sich von der Mystik verführen ließen, muß verstehen, warum sie sich dem Jenseits hingaben, statt ihr Glück im Diesseits zu suchen, das der Mevlâna die »Welt aus Lehm« nannte, muß die Rolle der Heiligen bei dieser Entwicklung verstehen, die wie Hacı Bektaş »im Gewand der Taube«, eines Friedenssymbols, aus Chorasan gekommen waren und sich auf diesem Boden niederließen, muß sich in ihr außergewöhnliches Leben vertiefen, das in den Legendenbüchern erzählt wird.

Und also versuchte ich nun, die Waffen, auf denen in kufischer Schrift »Ali« geschrieben stand und die von den Wanderderwischen zur Verteidigung gegen Raubtiere benutzt wurden, unter diesem Aspekt zu betrachten, so auch die Hörner aus dem Geweih von Hirschen und Widdern, die Kissen, die sie sich umbanden, wenn sie sich in den Zellen schlafen legten, und die Bettelschalen, die sie um den Hals trugen, wenn sie auf den Märkten um Almosen baten, um ihren Stolz zu überwinden und ihren Hochmut im Zaum zu halten. Auch wenn der Mevlevi-Orden den Kreisen um den Sultanspalast nahestand, nehmen bei ihm – wie auch bei dem aus der armen anatolischen Landbevölkerung hervorgegangenen Orden der alevitischen Bektaşi – Bescheidenheit, Freundschaft, Solidarität und Liebe den ersten Platz ein, so suchten die Mevlevi ihren Weg, um zur Wahrheit zu gelangen. Wie es in dem berühmten Vierzeiler heißt, der dem Mevlâna zugeschrieben wird, der aller Wahrscheinlichkeit nach jedoch nicht von ihm stammt, waren die Derwischklöster ein Zufluchtsort für das Volk und Zentren der Toleranz und hatten darin in dieser Zeit nicht ihresgleichen:

»Komm nur, komm, wer oder was du auch seist, komm!
Ob gottlos, ob Heide, ob Parse, wer du auch seist, komm!
Bei uns lebt die Hoffnung und niemals Verzweiflung,
warst du auch rückfällig, und sei's hundertmal, komm nur, komm!«

Dieser Vierzeiler findet sich am Eingang des Mausoleums. In der *Türbe*, der Grabstätte, stehen genau zweiunddreißig Sarkophage, die anscheinend in keiner eindeutigen Reihenfolge angeordnet sind, wie İbrahim Hakkı Konyalı, der Verfasser von *Konya Tarihi*, der *Geschichte Konyas*, erläutert. Die Türbe gemahnt eher an eine Familiengrabstätte denn an ein Museum, hier ruhen verschiedene Anhänger des Mevlâna und seine Angehörigen. Die Särge aus Nußbaum des Mevlâna und seines Sohns, Sultan Veled, unter der grünen Kuppel, jeder für sich ein Wunderwerk seldschukischer Schnitzkunst, sind mit den um die Derwischhüte gewundenen Turbanschärpen und den Inschriften sowie den indischen Schals von unverfälschtem Grün, die darüber ausgebreitet sind, in der Tat beeindruckend. Ich blieb vor den Sarkophagen stehen, auf denen Verse aus dem *Divan-ı Kebir* umlaufen. Ja, die Orte der Lebenden und der Toten sind voneinander getrennt. Letzte Nacht hatte ich eine Halluzination und habe, von Şemseddin verführt, Diesseits und Jenseits miteinander verwechselt. Es war wirklich so, wie Yunus Emre sagt:

»Jene, die, auf die verlogene Welt gekommen
und von ihr gegangen sind, sprechen
weder ein Wort, noch geben sie Nachricht.«[4]

Und dennoch wollte ich die Stimme Mevlânas hören, die in der Kuppel widerhallt. Persisch war diese Stimme und – wie schade! – vom Glanz und Strahlen des Türkischen weit entfernt, ebenso wie die Stimme von Yunus Emre. Dennoch rührte sie an, und wie ein sprudelnder Bach riß sie mit. Wie in den anderen Gedichten auch. Hören wir doch einmal, was Yunus Emre sagt:

»Wir gehen dahin, gegrüßt seien jene, die bleiben:
Am Ende stirbt, wer zur Welt kommt.
Wer unter dem Himmelszelt wohnt, weiß das genau:
Wirft man einen Stein vom Dach, so fällt er (...)
Waren schlecht wir auf Erden, gingen schlecht wir dahin,
waren wir gut, so sprecht nur Gutes von uns.
Selbst wenn du der einzige Held deiner Zeit bist,
eines Tages gehst du dahin, wie jene, die einzeln,
wie jene, die einsam von dannen ziehen.«

4 Yunus Emre: Das Kummerrad, a.a.O., S. 85.

Mevlâna begnügte sich nicht mit den Worten »Gegrüßt seien jene, die bleiben!« wie Yunus Emre, den sein Weg als Wander-derwisch nach Konya geführt hatte und der sagte, das Leben fließe auch dann noch dahin, fließe weiter, wenn wir die irdi-sche Welt verlassen hätten:

»Sieh nur den Sand, wie er dahinfließt,
kein Halten ist da, keine Ruhe.
Sieh nur, wie ein Weltreich zerschellt,
wie es die Grundfesten eines andren zerstört.«

Nicht lange nach Mevlânas Tod im Jahr 1273, soll heißen ein Vierteljahrhundert später, zerbrach das Seldschukenreich, und ein riesiges Imperium löste sich auf. Ein Weltreich war zer-stört, und als an dessen Stelle ein anderes errichtet wurde, blieben die Siegesbekundungen der ruinierten Paläste auf den Grabinschriften zurück. Gegrüßt seien all jene, die diese Texte beschützt, restauriert, mit tausendundein Mühen ent-ziffert und uns überliefert haben!

Konya – Paris, September 1997

Im Licht von Hacı Bektaş

Der Kızılırmak, der rote Strom, entspringt im Osten des Gebirges der Kösedağlar, beschreibt einen weiten Bogen durch Inneranatolien, spendet dem unfruchtbaren Boden Leben und mündet im Schwarzen Meer, das wußte ich, wußte jedoch nicht, daß er im Sommer so wenig Wasser führt und so langsam fließt. Er fließt durch Avanos und markiert daher auch die Grenze Kappadokiens. Wenn Sie die männliche Landschaft der Feenkamine, die an große und kleine Phallen erinnern, hinter sich lassen, tauchen Sie in die Steppe ein, in die weibliche Welt der geschwungenen Linien und graubraunen, nackten Hügel, die an Brüste erinnern. Ausgehöhlte Felsen, Tuffsteingebilde, in denen sich Behausungen verbergen, Taubenschläge, die alten Kirchen und unterirdischen Städte bleiben zurück. Mit dem spärlichen Grün, das in den ausgetrockneten Bachrinnen keimt, den Felsen, die in der heißen Sonne glühen, den Weizenfeldern und den Sternen, die nachts plötzlich an die Stelle der Leere treten, tut sich die Steppe wie ein bunter Flikkenteppich vor Ihnen auf.

Als ich über die Brücke fuhr, blickte ich nach unten. Trotz seines Namens war der Fluß moosgrün. Der Schnee, der im Frühjahr auf dem Berg Erciyes schmilzt, würde in die Ebenen fließen, die Täler mit Wasser versorgen und den Fluß, wenn er den Felsschutt mitsamt den Dornengewächsen mit sich reißt, rot färben, dachte ich. »Wenn er brausend über die Ufer tritt, fordert er Menschenleben«, sagte der Schäfer Yaşar Poyraz, »du kannst das Strömen nicht aufhalten.« Doch Yaşar Poyraz werden wir erst später kennenlernen.

Wir sind auch noch nicht in Eski Yaylacık, dem Dorf am Hang des Berges Hırkadağı, angekommen und haben vom alten Vater des Schäfers noch nichts über die Wundertaten von Hacı Bektaş gehört. Wir sind erst am Anfang des Weges. Der Weg ist lang, und es ist heiß, etwa so heiß in Anatolien, wie Nâzım

Hikmet, der Dichter der »Menschenlandschaften«, es in den Jahren des Befreiungskriegs beschreibt:

> »Die Sonne über uns ein Turban aus Feuer,
> die Erde der Bauernschuh für unsere nackten Füße.«

Die Sonne brannte zwar über uns, doch wir trugen keine Bauernschuhe. Wir saßen weder auf dem Ochsenkarren noch auf dem Einspänner, sondern fuhren Auto. Und dennoch lag in dieser Landschaft etwas, das an die Armut und Öde der Felder jener Jahre erinnerte.

Wir fuhren am Kızılırmak, dem roten Fluß, entlang weiter. Mitten im Strom tauchten hier und da kleine Inseln auf, und das Schilf war grün geworden, dort, wo Vögel sich duckten. Die Pappeln standen in ihrer Sommerpracht in Reih und Glied am Ufer. »Ach ihr Pappeln, ihr Pappeln, welch ein Schmerz!«, schluchzend lieferte die Kassette im Autoradio die Begleitmusik. Sezen Aksu sang. Es war jedoch der Schmerz um meinen alten Freund, den man im Juli 1993 in Sivas verbrannt hatte, Metin Altıok, der aus diesem Lied sprach, seine Einsamkeit und Verlassenheit in der Steppe:

> »Ach, ihr Pappeln, ach ihr Pappeln,
> mich friert, es zerreißt mir das Herz.«

Während Sezen Aksu sang, wiegten sich die Pappeln, das Wahrzeichen dieser Gegend, in der Morgendämmerung. »Ali sah ich, Ali in der Morgendämmerung«, heißt es in einer Hymne der Bektaşiten. Dieses Lied liebe ich sehr. Aber wir haben ihn noch nicht gesehen, noch nicht einmal die Bilder von Hazreti Ali, dem Hochverehrten, auf dem Markt von Hacıbektaş, der etwas von einem Rummelplatz hat. Wir haben ihn noch nicht gesehen. Er hat Düldül, die weiße Mauleselin Mohammeds, noch nicht bestiegen und noch nicht das Schwert

Zülfikâr gezogen. Daß Ali als Allahs Erscheinung auf Erden galt, interessierte uns auch nicht sonderlich. Wir wußten, daß es Leute gab, die daran glaubten. Und wir hatten großen Respekt vor ihrem Glauben. Ahmet Yesevi, der Mystiker, einst Pir, der Meister des Hacı Bektaş, verwandelte sich in einen Kranich und tauchte am Himmel von Turkestan auf, bevor er sich am Ufer eines breit dahinströmenden Flusses, des Amu Darja, niederließ, der vom Pamirgebirge zum Aralsee fließt. Ich schaute zum Fenster hinaus in den Himmel. Da waren weder Kraniche noch rosarote oder weiße Wolken zu sehen. Kein einziger Flecken auf dem tiefen Blau. Wie auch immer! Auf den Kranich kommt es nicht an, sondern auf das Symbol. Endlos war die Erde und rot. Und scharf wie Pfeffer, wenn man danach geht, was Nâzım Hikmet in den »Menschenlandschaften« schreibt.

Bald darauf hörte die asphaltierte Straße auf, und wir fuhren über holpriges Gelände. Uns gegenüber sah ich einen Baum auf halber Höhe der nackten, von der Sonne ausgedörrten Hügel. So einen einzelnen dürren Baum. Er trug weder Birnen noch Oliven und hatte weder etwas von einem Feigen- noch von einem Maulbeerbaum. Seine Blätter waren hart und die Zweige trocken, knüppeltrocken. Ich stieg aus und setzte mich in seinen Schatten. Plötzlich begann er zu sprechen und stellte sich mir vor. Sagen Sie nicht, Bäume könnten nicht sprechen! Wenn Sie in der Morgendämmerung durch die Steppe nach Hacıbektaş fahren, wenn es heiß ist und der Weg lang, wenn der Wind die Blätter des Baumes rascheln läßt, in dessen Schatten Sie sitzen, wenn Sie an der heiligen Stätte des Meisters angelangt und bereit sind, demütig darum zu bitten, dann spricht natürlich nicht nur der Baum, sondern auch der Wind. »Warum hast du mich nur so unendlich lange angeschaut?« fragte mich der Baum. »Oder hast du mich vielleicht nicht erkannt? Ich bin der Weißdorn. Es ist gar nicht mal allzulange her. Vor sieben Jahrhunderten kam ein armer

Bauer, so wie du heute, zu mir und ruhte sich in meinem Schatten aus. Ich hörte, daß er später unter die Eingeweihten aufgenommen wurde. In der Sieben liegt die Gnade, das weißt du nicht.« Natürlich wußte ich das. In der Drei, der Sieben und der Vierzig liegt die Gnade. Vor sieben Jahrhunderten hatte ein armer Bauer in diesem Landstrich gelebt, in dem der Glaube der Aleviten – eine Konfession der Schiiten –, der Glaube an die Dreieinigkeit des einzigen Gottes, d. h. Allahs, und gleich nach ihm Mohammed und Ali, heimisch geworden war. Der Bauer hatte die Früchte des Baumes, in dessen Schatten ich Schutz suchte, auf seinen Ochsen geladen und an Hacı Bektaş Velis Tür geklopft. Sein Name war Yunus. Später würde er den Beinamen Emre tragen – nach Taptuk Emre, seinem Lehrmeister. Jeder kennt seine Lieder. Und dennoch halten wir uns lieber an das *Vilâyetnâme*, das heilige Buch der Aleviten, als an die Erzählungen des Baumes:

»Yunus war ein armer Bauer. Eines Tages herrschte große Not. Auch er hatte von Hacı Bektaş gehört. ›Ich mache mich mal auf den Weg‹, sagte er, ›und trage ihm meine Bitte vor.‹ Er lud Weißdorn auf einen Ochsen, kam ganz gemächlich nach Karahöyük und sagte zum Meister: ›Ich bin ein armer Mann, meine Ernte hat mir dieses Jahr nichts gebracht, nehmt meine Früchte, und gewährt mir die Bitte, daß wir alles, was Ihr mir dafür gebt, Euch zu Ehren essen, wir, das heißt, meine Familie und die Leute in meinem Dorf.‹«

Hacı Bektaş bot Yunus Hymnen statt Weizen – als Gegengabe für den Weißdorn. Stellen Sie sich nur einmal vor, wie Anatolien damals aussah! Die Invasion der Mongolen hatte sich verheerend auf das Land Rûm, das Herrschaftsgebiet der Seldschuken, ausgewirkt. Es herrschte Anarchie. Hunger und Armut machten alles zunichte. Es ist allgemein bekannt, daß die Mevlevi auf gutem Fuß mit dem Sultanspalast standen, und während ihr Orden sich in den Städten organisierte, boten die Klöster, welche die Derwische der »Kolonisatoren« in ländlichen Gebieten gründeten, einen Hoffnungsschimmer für die Bauern. Aber was sollte Yunus mit einer Hymne anfangen? Er brauchte Weizen, um seine Familie zu ernähren. Obwohl der Herr des Klosters ihm für jeden Weißdornstrauch zehn Hymnen bot, bestand er auf Weizen. Daraufhin luden sie Yunus' Ochsen soviel Weizen auf, wie er tragen konnte, und schickten ihn weg. Doch unterwegs hatte er eine Eingebung. Reumütig kehrte er zum Kloster zurück und bat den Vorsteher darum, aufgenommen zu werden.

»Die Angehörigen des Ordens gingen zu ihrem Oberhaupt und sagten: ›Herr, so geht das nicht, den Schlüssel haben wir doch Taptuk Emre überreicht, das heißt also, Taptuk bestimmt darüber, wer bei uns aufgenommen wird.‹ ›Dann soll der Bauer zu ihm gehen und ihn um Aufnahme bitten‹, antwortete der Vorsteher. Die Angehörigen des Ordens gaben die Worte des Meisters an Yunus weiter, und der ging zu Taptuk Emre, bestellte ihm Grüße vom Vorsteher des Konvents und erzählte ihm, was geschehen war. Taptuk nahm den Gruß entgegen und sagte zu Yunus: ›Herzlich willkommen! Du bringst uns Glück. Wir haben schon von dir gehört. Diene nur und gib dir Mühe, hiermit seist du aufgenommen.‹«

Wie sich dem Yunus die Zunge löste und was für Lieder er sang, nachdem er von Taptuk Emre aufgenommen worden war, wissen wir, und wir wissen, daß sich diese Lieder durch mündliche Überlieferung bis in unsere Zeit erhalten haben und allen Menschen gelten. Genauso, wie wir wissen, daß sein Grab am Hang eines Hügels in der Nähe von Hacıbektaş liegt. Eins aber wissen wir nicht, eins haben wir vergessen, vielleicht, weil es uns nicht immer gelegen kam: daß die Kultur der Aleviten-Bektaşiten, die sich in Anatolien entwickelt hat, eine im Vergleich zum radikalen Islam viel tolerantere, demokratische Kultur ist, die großen Wert auf Gleichheit legt – und dies betrifft vor allem auch die Rolle der Frauen. Ich will diese Kultur nun nicht detailliert analysieren; sie läßt sich als ein Synkretismus beschreiben, in den Glaubensformen aus Mittelasien, vor allem solche des Schamanismus, und Elemente des Christentums mit eingegangen sind. Ich will hier nur kurz erläutern, daß der Bektaşismus außer dem erwähnten Synkretismus eine Erkenntnislehre ist, der Alevismus aber, das heißt die Richtung des Islams, die sich von Ali, dem Schwiegersohn des Propheten Mohammed, herleitet, als eine andere Erscheinungsform des Bektaşismus betrachtet wird. In ihrem Buch »Hadji Bektach. Un mythe et ses avatars: Genèse et évolution du soufisme populaire en Turquie«, einem Werk, das sich mit den Legenden um Hacı Bektaş und dem realen historischen Hintergrund befaßt, schreibt Irene Melikoff, daß die Anhänger des Bektaşi-Ordens eine gesellschaftliche Elite bildeten und Gelehrte sich in der Umgebung der Klöster ansiedelten, das Gros der Aleviten jedoch wie Nomaden lebte und ungebildet war. Wenn man Bektaşismus und Christentum miteinander vergleicht, sollte man auch etwas anderes betonen: die Ähnlichkeit zwischen dem Warten der Aleviten auf den Mahdi (der Glaube, daß der verschwundene zwölfte Imam eines Tages wieder auftauchen und Armut sowie Ungerechtigkeit auf Erden abschaffen wird) und dem Glauben der Christen an den Messias oder auch die annähernde Deckungsgleichheit des Trinitätsglaubens der Christen (Vater, Sohn und Heiliger Geist) und der Auffassung von der Dreieinigkeit des einzigen Gottes, d. h. Allahs, Mohammeds und Alis. Hier sollte ich auch daran erinnern, daß die Lehren von Hacı Bektaş durch den heiligen Charalambos unter den Christen Kappadokiens verbreitet wurden und man sich dort Legenden und Wundertaten von Hacı Bektaş erzählte. Das alles lebt sowieso jedes Jahr im August bei den Feierlichkeiten von Hacıbektaş im Landkreis

Kırşehir wieder auf; außer Rezitationen der Volkssänger, außer Sema- und Cem-Zeremonien werden Podiumsdiskussionen veranstaltet, bei denen man ausführlich über die Kultur des Alevismus-Bektaşismus diskutiert. In dieser Zeit kommen auch unsere Politiker hierher, die hinter den Stimmen der Aleviten her sind, unser Ministerpräsident an der Spitze, und lassen es sich nicht nehmen, Reden zu halten.

Kehren wir jedoch zum Eigentlichen zurück, so erfahren wir aus dem ältesten uns bekannten Werk, dem *Vilâyetnâme*, dem heiligen Buch der Aleviten aus dem 15. Jahrhundert, in dem die Legende vom Leben Hacı Bektaş Velis erzählt wird, daß er im Gewand einer weißen Taube, dem Friedenssymbol Anatoliens, ins Land Rûm kam und sich in Suluca Kara Höyük niederließ, dem Dorf, das heute seinen Namen trägt.

Die Eingeweihten von Rûm wußten, daß Hacı Bektaş Veli aus dem Orden des bedeutenden Mystikers Ahmet Yesevi, das heißt eines Derwischs aus Chorasan, auf dem Weg zu ihnen war. Wenn ich von den Eingeweihten von Rûm spreche, ist mir natürlich bewußt, daß dieses Privileg ursprünglich Fatma Bacı, Schwester Fatma, der Tochter des Seyit Nurettin aus Sivrihisar, vorbehalten war, einer der weiblichen Eingeweihten, die Âşıkpaşazade »Bacıyan Rûm« nennt. Im Grunde genommen spielte eine Frau eine entscheidende Rolle, als der Meister nach Anatolien kam. Auch dies ist meiner Meinung nach ein konkretes Zeichen für die Anerkennung der Rechte der Frau im Bektaşismus.

Die Eingeweihten schlugen jedoch ihre heiligen Flügel »unter dem Thron Gottes bis zur siebten Stufe des Paradieses« gegeneinander, um Hacı Bektaş, der als Taube herbeigeflogen kam, den Weg abzuschneiden. So versuchten sie zu verhindern, daß der Meister nach Anatolien gelangte. Aber Hacı Bektaş schaffte es, sich »bis zur höchsten Stufe des erhabenen Gottesthrons« zu schwingen und sie abzuwimmeln, wie es im *Vilâyetnâme* heißt. Und in Suluca Kara Höyük, dem Winterquartier des

Turkmenenstamms der Çepni, das aus sieben Höfen bestand, ließ er sich auf einem Felsen nieder. Die Eingeweihten sandten Hacı Doğrul, einen der Anhänger von Sultan Beyazıt, gegen ihn aus. Als Doğrul in der Gestalt eines Falken die Taube angriff, schüttelte Hacı Bektaş sich plötzlich, nahm Menschengestalt an, streckte die Hand aus und packte den Falken so fest, daß Hacı Doğrul die Sinne schwanden. Hacı Doğrul stand sofort auf und bat um Verzeihung: »Tu mir nicht an, was ich dir tat«, sagte er. Die Antwort von Hacı Bektaş war höchst bedeutsam: »Hör mal zu, Doğrul, so darf ein Krieger den anderen nicht angreifen! Im Panzer der Gewalt wolltet ihr uns überfallen, wir aber kamen im Kleid der Sanftmut zu euch. Fänden wir ein sanftmütigeres Geschöpf als die Taube, schlüpften wir in dessen Gewand – und kämen euch sachte und friedfertig nahe.«

In diesen Worten lag eine universale Friedensbotschaft. Und zweifellos brauchte unser Land, brauchte die Welt mehr denn je Frieden. In der Steppe, inmitten der vielen großen und kleinen Hügel, der abgeernteten Felder und der endlosen Ebene, überkommt Sie sowieso eine angenehme Mattigkeit, und Sie erzittern innerlich, als habe das Erhabene Sie gestreift. Dann verstehen Sie besser, warum der anatolische Sufismus sich in dieser Landschaft entfaltet hat und daß er von diesem unfruchtbaren Boden, den glühenden Felsen und diesen einsamen Bäumen herrührt, deren Blätter sich im Wind regen. Dann überlassen Sie sich dem Strömen der Zeit. Hier rast Ihnen die Zeit nicht davon wie in der Stadt, sondern dreht sich, schwer wie ein Mühlrad. Und wie viele Legenden, wie viele Glaubensformen und Spruchweisheiten hat die Mühle der Zeit uns, über die Jahrhunderte hinweg, bis auf den heutigen Tag überliefert, während sie sich drehte. Wie in der Erzählung vom Hırkadağ, dem Wamsberg, bildet die Landschaft das kollektive Gedächtnis ihrer Bewohner. Im Dorf Eski Yaylacık, das sich an den südlichen Abhang dieses Berges, eines erloschenen Vulkans, lehnt, hörte ich die Geschichte vom Vater des Schäfers Yaşar. Ich merkte, daß sie wortwörtlich mit all dem übereinstimmt, was im *Vilâyetnâme* erzählt wird. Und das wunderte mich nicht.

Eines Tages brach Hacı Bektaş mit den Derwischen, die sich über das Klima von Suluca Kara Höyük beschwerten, da es ihnen im Winter zu kalt und im Sommer zu heiß war, zu einer Wanderung auf. Als sie auf dem Gipfel eines Berges ankamen, machten sie Rast und sammelten Reisig. Als es Nacht wurde, zündeten sie ein schönes Feuer an. Im Schein der Flammen geriet der Meister in Trance und begann mit dem Sema-Tanz. Und die Derwische schlossen sich ihm an. Plötzlich soll er sein Wams ausgezogen und ins prasselnde Feuer geworfen haben. Als das Wams zu Asche verbrannte, soll er befohlen haben: »Dem Boden, auf den diese Asche fiel, soll das Holz nie ausgehen!« Und überall keimten Bäume, und alles wurde grün. Daher wurde der Berg Hırkadağ – Wamsberg – genannt. »Auch wenn die Eingeweihten befohlen haben sollen, daß das Holz diesem Berg bis zum Jüngsten Tag nicht ausgeht – glaub das nicht«, fuhr der Vater des Schäfers Yaşar fort, »denn wir haben dort alle Bäume abgeholzt.« Aus dem *Vilâyetnâme* erfuhr ich: Als Hacı Bektaş durch dieses Dorf kam, sah er eine Frau Butter in einem irdenen Topf stampfen, und um sie zu prüfen, verlangte er ein wenig Fett von ihr. Als sie es ihm verweigerte, verfluchte er sie: »Ewig sei die Arbeit der Frauen!« Um sich vor den Bauern zu retten, die ihn daraufhin verfolgten, floh er auf den Gipfel des Berges und versteckte sich zwischen den Blättern eines Wacholderbaums. Dem Baum, der ihn vor dem Zorn der Bauern gerettet hatte, wünschte er, ihm möge das Grün nie ausgehen. Von diesem Tag an hörte die Hausarbeit der Frauen nicht mehr auf, doch das Grün des Wacholders ist längst vergangen. Als ich meine Blicke vom Vater des Schäfers Yaşar nach oben, zum Berg Hırkadağ, wandte, konnte ich einen einzigen Baum erkennen – einen einzelnen Wacholder, den so viele Heilige, von den Schamanen

Zentralasiens bis zu den Vätern des Bektaşi-Ordens, für heilig halten. Auch seine Blätter waren verdorrt, und er spendete kaum mehr Schatten. Ich würde sagen, der Gipfel des Berges war kahl.

* * *

Der Gebäudekomplex der Gedenkstätte von Hacı Bektaş Veli direkt gegenüber dem Rathaus – neben dem Freiheitspark – besteht aus dem Konvent, dem Museum und verschiedenen Anbauten. Nach Hacı Bektaş Velis Tod oder, in seinen Worten, nachdem er »zu Gott eingegangen war«, wurde der Komplex im 16. Jahrhundert fertiggestellt, mit den Anbauten, die zuerst von Orhan Gazi, dann von Murat Gazi, Yıldırım Beyazıt und schließlich von Yavuz Sultan Selim veranlaßt wurden. Und Beyazıt II., der Sohn von Mehmet II. Fâtih, dem Eroberer, ließ die Kuppeln des Grabmals mit Blei decken.

Wir betreten die Gedenkstätte, die aus der Moschee, der Medrese, das heißt der theologischen Lehrstätte, und Nebengebäuden besteht, durch den ersten, den Nadar-Hof. Vor dem Dreifaltigkeitsbrunnen an der Ostseite herrscht ein gewaltiges Gedränge. Die Wallfahrer stoßen einander zur Seite, um von dem heiligen Wasser zu trinken, unter ihnen Kinder, alte Tanten, Großväter mit weißen Bärten und Behinderte. Von weitem kann ich die arabische Inschrift nicht erkennen, wohl aber den sechseckigen Stern, der in den Stein eingraviert ist, das sogenannte Siegel Salomos. Ich lasse Sinan, meinen Begleiter, vor dem Stern stehen und betrete durch das Tor der Dreifaltigkeit den *Dergah Avlusu*, den zentralen zweiten Innenhof des Konvents. Hier ist ein quadratisches Bassin in den Boden eingelassen; an der Wand gegenüber dem Tor zum Bassin ist das marmorne Abbild der Kopfbedeckung der Bektaşi-Derwische, eine Hüseyni-Haube mit zwölf Falzen, welche die zwölf Instanzen des Bektaşismus und damit auch die zwölf Imame symbolisieren sollen, eingemauert. Ohne mich länger davor aufzuhalten, wühle ich mich durch die Menschenmenge, die sich auch vor dem zweiten Brunnen des Konvents, dem Löwenbrunnen, versammelt hat, lasse das Panorama der Menschen Anatoliens hinter mir – sonnengebräunte Bauern mit Schiebermützen und in weiten Hosen, biedere Frauen und junge Rüpel, junge Männer, auf deren roten Stirnbändern »Mürvet Ya Ali! – Ali, hab Erbarmen mit uns!« steht – und betrete das Refektorium. Ich weiß, daß dort, auf dem Herd des Speisesaals, wo Derwische und Gäste sich laben, der schwarze Kessel mit den sieben Henkeln auf mich wartet. Auf dem Boden dieses riesigen Kessels hatte Can Baba Karadonlu, Vater Can im schwarzen Gewand, drei Tage und drei Nächte lang ausgeharrt. Man erzählt sich, daß darin sieben Ochsen gleichzeitig gekocht wurden – oder auch, daß die dummen Gänse darin siedeten, die einfach nicht gar wurden, obwohl man sie, wie in dem berühmten Gedicht von Kaygusuz Abdal, siebenmal gekocht hatte.

Vater Can im schwarzen Gewand, das war ein armer Bauer, der nach Suluca Kara Höyük ging, dem Meister die Hand küßte und ihn um Schutz bat. Er lebte in Not und Elend. Er trug einen schwarzen Umhang, die schwarze Filzkappe der Derwische und hatte den Kopf mit einem roten Tuch verhüllt. Nachdem der Meister ihm gnädig über die Augen gestrichen, begütigend auf den Rücken geklopft und ihn in den Derwischorden aufgenommen hatte, schickte er ihn ins Land der Tataren, damit er Kâvus, den Herrscher der Tataren, der christlichen Religion abspenstig mache und zum Islam bekehre. Der Herrscher der Tataren hatte jedoch einen hohen christlichen Geistlichen bei sich. Der Geistliche verlangte einen Beweis. »Er soll in einen großen Kessel steigen«, sagte er, »füllt den Kessel bis zum Rand mit Wasser, setzt den Deckel ganz fest drauf, laßt drei Tage lang ein glühendes Feuer darunter brennen und das Wasser drei Tage lang brodeln; wenn Can Babas Wort wahr ist, passiert ihm überhaupt nichts, und dann nehmen wir seinen Glauben an!« Als Can Baba in den Kessel stieg, scharrte Hacı Bektaş Veli mit der Hand den Boden auf und ließ eine Quelle hervorsprudeln. Die Quelle begann zu sprechen: »Herr der Derwische, bei Euren ersten Worten floß ich aus Chorasan, aus der Stadt Nişapur, hervor und kam zum Berg Erciyes. Bei Eurem zweiten Befehl umkreiste ich den Berg siebenmal, und bei Eurem dritten Befehl entsprang ich dem Boden, den Ihr aufgescharrt habt.« Der Meister schöpfte eine Handvoll Wasser aus der Quelle, spritzte das Wasser auf einen der glühendheißen Felsen in seiner Nähe, und der Dunst, der von dem Felsen aufstieg, erhob sich zum Himmel. Als man Hacı Bektaş fragte, warum er das mache, gab er zur Antwort: »Kâvus, der Herrscher der Tataren, hat Can Baba mit dem schwarzen Gewand in den Kessel gesteckt und gekocht, und ich versuche ihm seine Mühsal ein wenig zu erleichtern.« Was aber sah man, als man den Deckel des Kessels am Ende des dritten Tages hob? Can Baba im schwarzen Gewand saß im Schneidersitz auf dem Boden des Kessels und war von Kopf bis Fuß in Schweiß gebadet.

Lange blieb ich vor dem Kessel mit den sieben Henkeln stehen. Eine Stimme flüsterte mir die Geschichte von Can Baba mit dem schwarzen Gewand ins Ohr, eine der schönsten Legenden des *Vilâyetnâme*. Dann schwieg die Stimme plötzlich. Die Janitscharen fielen mir ein, die im Namen ihres obersten Herrn, Hacı Bektaş, meuterten und mit allem kurzen Prozeß machten, was ihnen in den Weg kam. Ich erinnerte mich an ihren Schlachtruf, bevor sie zum Kampf aufbrachen:

»Hacı Bektaş Veli weist uns den Weg,
wer sein Leben einsetzt, der komme zu uns!
Zunge, Hand und Lenden, man verrät sie nicht,
was gilt, bestimme ich, und töte ohne Erbarmen!«

In Reih und Glied marschierten sie vor dem Padişah her. Die Köpfe kahlgeschoren, mit langen, dünnen Schnurrbärten. Mitten auf dem Kopf hatten sie ein Haarbüschel, das wie ein Pferdeschwanz aussah. Eine Hand am Krummschwert, die andere am Hodensack, so schritten sie zur Musik von Pauken und Trompeten voran, hielten alle zwei Schritt inne und blickten sich um. Wenn die Grünschnäbel des Bataillons der Neuen kamen, setzten sie ihren Weg fort oder meuterten, indem sie riefen: »Die wollen wir nicht, mit denen marschieren wir nicht!«, zogen die Schwerter und machten kurzen Prozeß mit allem, was ihnen in den Weg kam. Und wie aus einem Mund brüllten sie den Namen ihres Herrn und Meisters:

»Hacı Bektaş ist unser Meister,
wandeln läßt er die leblose Mauer,
unter seinem Schutz steht das Heer.
Ruhmreich sind die Janitscharen alle,
ewig ist der Ruhm die Parole,
ihr Andenken: die Flagge mit dem Sultanssiegel
und der schwarze Kessel.«

Ich verließ das Refektorium und ging sofort in die Moschee nebenan; das war ein ungewöhnlicher Ort für die Lehre der Bektaşiten und den Glauben der Aleviten, deren Andachtsübungen nicht aus dem Gebet, sondern aus dem Cem bestehen. Nachdem Mahmut II. das Janitscharenkorps im Jahr 1826 aufgelöst hatte, ließ er, der Sultan, der ein Oberhaupt des Nakşibendi-Ordens hierherversetzt hatte, diese Moschee bauen. An der Wand hing ein Schild des Amtes für religiöse Angelegenheiten. Mit Erstaunen las ich:

»Nach den Vorschriften des Islams darf man in Gegenwart der Heiligen
1. kein Gelübde ablegen

2. kein Opfertier schlachten
3. keine Kerzen anzünden
4. keine Stofffetzen anbinden
5. kein Papiergeld ankleben
6. sich nicht in gebückter Haltung und auf Knien ins Innere begeben
7. keine Steine werfen
8. keine Essensreste liegenlassen
9. sich nicht zu Boden werfen
10. weder Beistand noch Heilung von dem Grabmal und den Heiligen erhoffen
11. das Grabmal und die Heiligen nicht flehend umrunden
12. nicht in den Grabmälern schlafen.«

Nun ja, unser Volk, es hielt sich nicht an die zwölf Anordnungen des Amts für religiöse Angelegenheiten! Ganz im Gegenteil, die Leute legten Gelübde ab, schlachteten Opfertiere, zündeten Kerzen an, banden Stofffetzen an die Bäume, krochen auf allen vieren über die Schwelle des Grabmals und umkreisten die Sarkophage der Heiligen in flehender Haltung. Unter ihnen waren auch Kranke, die Genesung erhofften, Arme, die im Innenhof um Brot bettelten, Behinderte und Zerlumpte. Wie Soldaten einer geschlagenen Armee, so müde, hoffnungslos, blind, lahm und sich selbst überlassen.

Was sah ich sonst noch im Derwischkloster des Meisters? In dem Grabmal, das man von einem schönen, kühlen Innenhof aus betrat, erblickte ich die mit grünem Tuch bedeckten Sarkophage der Meister und Schüler des Ordens, an erster Stelle jenen von Hacı Bektaş, in Schaukästen ausgestellte Kandelaber, Leuchter und handgearbeitete Kelims, Kopftücher mit reichverzierten Borten, Standarten und Gebetsketten, Spritzfläschchen für Rosenwasser, Bettelschalen der wandernden Derwische, jede von der Größe eines Pantoffels, Schnupftabakdosen, Rückenkratzer, Gürtel, die man, nach Kamber, dem

Leibdiener Alis, *kamberiye* nennt, Alabastersteine, die manche Bektaşi-Derwische auf der Brust tragen, und sonst noch allerlei, das für wer weiß was gut war. Und Gebetsteppiche, die der Meister bestieg, auf denen er den Kızılırmak, den roten Fluß, überquerte, auf denen er nach Mekka und Medina flog, sich sogar bis zum siebenfachen Thron Gottes emporschwang und unseren Herrn, den Propheten, traf. Tafeln aus Elfenbein in Form eines menschlichen Antlitzes, auf denen zu lesen stand »O Gott, Mohammed und Ali«, und Tafeln mit der Inschrift »O ehrwürdiger Bektaş Veli« in der Form des Namenszugs des Sultans standen auch in einer Ecke. Dann Porträts des Meisters, in der Derwischkutte, also dem »Wams«, die Elif-Haube auf dem Kopf, wie er mit der einen Hand den Löwen, mit der anderen die Gazelle streichelt. Das Fell der zwölf Stufen, das auf dem Boden der Versammlungshalle ausgebreitet war, in welcher der Eintritt in den Orden, das Ablegen des Gelübdes, die Aufnahme in den Orden und die Cem-Zeremonien feierlich begangen werden, bedeckte die hölzernen Dielen. An den Wänden – tränenüberströmt –: die Liebe. Ein Koranvers aus der 32. Sure wand sich dort in verschlungener Form, den der heilige Ali in Kufischrift auf Gazellenhaut gebrannt hatte. Auf einem Bild in Hinterglasmalerei hielt Ali das Halfter eines Kamels und trug seinen eigenen Leichnam zum Friedhof. Ali lag im Sarg und war gleichzeitig derjenige, der das Kamel führte. Ich erinnerte mich an Hacı Bektaş, der auf einem Rappen geritten kam und seinen eigenen Leichnam wusch. Am Eingang zum Innenhof des Grabmals von Balım Sultan – nach Hacı Bektaş der bedeutendste Şeyh der Bektaşiten – stand ein Maulbeerbaum, so alt wie Anatolien, mit einem gebrechlichen Stamm. Im *Vilâyetnâme* steht, dieser Baum, der von einem brennenden Holzscheit stammte, das einer der Eingeweihten von Chorasan aus dem Feuer geholt und ins Land Rûm geschleudert hatte, sei von Hak Ahmet, dem Nachfolger von Emir Cem Sultan aus Konya, hergebracht und eingepflanzt worden. Von Balım Sultan jedoch sagte das *Vilâyetnâme* nichts. Aus anderen Quellen sollte ich erfahren, daß der wahre Gründer des Bektaşi-Ordens in der Regierungszeit von Beyazıt II. ein Balim Sultan aus Dimetoka war, den man zum Oberhaupt über den Konvent von Hacı Bektaş ernannt hatte, und daß nicht der Meister die Regeln der Bektaşiten festgelegt hatte, sondern Balim Sultan, den man aus Rumelien geholt hatte; das erinnert an Sultan Veled, den Sohn des Mevlâna, der für die Gesetze des Mevlevi-Ordens verantwortlich war.

Ohne mich im Schatten des Maulbeerbaums auszuruhen, verließ ich das Kloster. Als ich am Çilehane ankam, dort, wo die Novizen ihre Prüfungs- und Fastenzeit verbrachten, brach die Abenddämmerung herein. Dort hatten sich ebenfalls Leute versammelt, schlachteten ein Opfertier in der Küche, kochten das Fleisch, banden Bänder aus Stoff an die Nadelbäume ringsum und legten Gelübde ab. Blutgeruch lag in der Luft. Weiter vorn drängte sich eine Menschenmenge vor dem Loch, das Hacı Bektaş mit einem Fausthieb in die Felswand schlug, als er vierzig Tage lang in der Höhle des Felsens gefastet hatte. Dort stellten die Leute auch Kerzen auf, warfen sich am Eingang der Höhle zu Boden und küßten die Erde. Weiter unten war der Abhang von Zelten übersät. Kurz darauf wurde die Nachricht verkündet, daß die *aşure*, die süße Suppe aus zwölf verschiedenen Zutaten, auf dem Marktplatz der Zeltstadt ausgeteilt würde. Sinan, mein Begleiter, wandte sich dorthin, ich aber blieb vor der Statue zweier Volkssänger stehen. Einer der beiden spielte kniend Saz – die Langhalslaute –, und der andere stand aufrecht mit seinem Instrument da, hielt den Hals der Saz fest umklammert und grüßte die Steppe. In die Marmortafel neben dem Sockel der Statue waren die Namen der dreiunddreißig Dichter, Denker und Künstler eingraviert, die im Juli 1993 in Sivas verbrannt worden waren. Ein fanatisierter Mob hatte nach dem Freitagsgebet in der dortigen Moschee das Hotel in Brand gesteckt, in dem die Teilnehmer am Pir-

Sultan-Abdal-Festival logierten. Die Rettungsaktion der örtlichen Feuerwehr kam zu spät. Mit vielen der Toten war ich befreundet, manche von ihnen hatte ich nur oberflächlich gekannt. Es waren Menschen, die ich sehr geschätzt hatte.

»Der Eifer liegt im Feuer, nicht im Eisen,
die Gnade im Wams, nicht in der Krone.
Alles, was du suchst, such es bei dir,
weder in Jerusalem noch in Mekka,
noch auf der Pilgerfahrt«

sagte Hacı Bektaş. Daher hatte er sich in der Höhle in Klausur begeben und war zu einer langen, mühseligen Reise ins eigene Ich aufgebrochen. Er hatte es nicht für nötig gehalten, nach Mekka zu pilgern, und hatte den Hügel, in dem sich die Höhle befand, Arafat genannt und das Wasser des Brunnens, das aus der Quelle neben der Höhle strömte, Zemzem. Soweit das Auge reichte, erstreckte sich unten die Steppe. Ich beschloß, diese Reise, auf die ich mich begeben hatte, um die Landschaft des Meisters zu entdecken, nun auch – genauso wie er – in meinem Innern fortzusetzen. Und als die Fackeln in der Zeltstadt brannten, wurde es in Suluca Kara Höyük Abend.

* * *

Auf dem Markt herrschte ein unglaubliches Gewimmel und eine Erregung, die sich kaum in Worte fassen läßt. An Verkaufsständen wurde alles mögliche feilgeboten, von allerlei Kassetten bis hin zu billigem Schmuck, von Bildern des heiligen Ali bis hin zu T-Shirts mit Hacı-Bektaş-Aufdruck, kurzum – tausendundein Geschenkartikel. Das von der Kreisverwaltung organisierte Festival ging weiter, wir aber nahmen nicht mehr am offiziellen Programm teil. Uns interessierten die authentischen Seiten der alevitisch-bektaşitischen Kultur, die heute noch existieren, und nicht die Podiumsdiskussionen,

Rezitationen und musikalischen Darbietungen, die den ganzen Tag lang in den Sälen stattfanden. Meinem guten alten Freund Atilla Erden, dem Vorsitzenden des Bundes der alevitischen Organisationen, hatten wir es zu verdanken, daß wir bei Hüseyin Hürrem Ulusoy zu Gast waren.

Hüseyin Bey kommt aus einer vornehmen alten Familie, die vermutlich direkt von Hacı Bektaş abstammt. Sein Großvater Ahmed Celâleddin Çelebi war das letzte Oberhaupt eines Derwischklosters, das heißt das letzte Glied einer Kette, die von Hacı Bektaş Veli bis in unsere Zeit reicht. Çelebi hatte Mustafa Kemal, der später als Atatürk in die Geschichte eingehen sollte, bei dessen Rückkehr vom Kongreß in Sivas im Jahr 1919 in seinem Haus bewirtet und bot Kemal Paşa sein ganzes Vermögen an, damit es im Befreiungskrieg eingesetzt würde. Bei der ersten Sitzung der Nationalversammlung, die unter dem Vorsitz von Mustafa Kemal tagte, hatte er als Vizepräsident fungiert. Auf den ersten Blick erkennt man den Großvater von Hüseyin Bey auf dem Foto an der Wand des Empfangsraums mit den hölzernen Schränken, die ein armenischer Meister gebaut hat. Entschlossen und selbstsicher blickt Ahmed Celâleddin Bey vom Pferderücken herab. Auf dem Kopf trägt er eine Pelzmütze, die an die Elif-Haube erinnert, und seine Augen sind verträumt. Als ob sich die Müdigkeit von früheren Cem- und Sema-Zeremonien und dem Rezitieren jahrhundertealter Formeln – der Anrufung Gottes mit der Silbe »Hû« – auf seine Augen gelegt hätte. Darunter hängt ein Foto, das Mustafa Kemal mit Pelzmütze zeigt und das der »Vater der Türken« dem »Ehrwürdigen Çelebi Efendi« gewidmet hat. Der Şeyh – das Oberhaupt des Derwischordens – und der Gründer der laizistischen Republik Türkei befanden sich an ein und derselben Wand in Klausur. Nach der Reform der Schrift im Jahr 1928 hatte Celâleddin Efendi, der auch Französisch beherrschte, dem Volk seines Landkreises das lateinische Alphabet beigebracht. Wir machen es uns auf den Sesseln in

Hüseyin Beys hoher, weiträumiger Halle unter den Ölgemälden seines Vaters bequem. Wir sitzen unter den Gästen, die aus allen Ecken des Landes gekommen sind, aus Düzce, Ankara, Sivas und Kısas, dem einzigen alevitischen Dorf im Landkreis Urfa. Da nicht genügend Frauen da sind, reicht es nicht für eine Cem-Zeremonie, aber ich gebe mich dem Strom der Hymnen hin – eine schöner als die andere –, die zu Saz- und Geigenspiel gesungen werden und die ich bis auf den heutigen Tag noch nie gehört habe. Wenn ich die Augen schließe, kommt es mir so vor, als sähe ich, wie Männer und Frauen, auf deren roten Stirnbändern »Ya Ali!« steht, einen Kreis bilden und sich im Sema-Tanz drehen. Und die Verse von Sıtkı Baba, dem Lieblingsdichter von Şeyh Ahmed Celâleddin Çelebi, hallen mir in den Ohren wider:

> »Jenen,
> der das Wissen um das Wesentliche begreift,
> der es erwählt –
> auf dem Platz der Kundigen ward er Meister genannt.
> Ferhat,
> der die Berge des Ichs durchbohrte,
> der sie überwand,
> ihm zollte man Beifall, dem Helden.«

In der Gedankenwelt des anatolischen Sufismus kreist alles um den Begriff »Ich«. Wenn wir es in der Sprache von heute ausdrücken würden, könnte man sagen, es kommt zur Überwindung des Ego. Sich von der eigenen Existenz zu lösen und in einer höheren Existenz aufzugehen, sei es im Namen Gottes, sei es im Namen des Erhabenen, wie auch immer, es geht darum, im Nichts zu existieren. Ich glaube, das Wesen des Pantheismus findet seinen wahren Sinn in dieser Überwindung der »Berge des Ichs«, heißt es doch bei Yunus Emre:

»Sag nicht ich bin in mir bin ich nicht
Es gibt ein Ich in mir weiter drinnen.«[5]

War es nicht Ferhats Spitzhacke in Nâzım Hikmets Stück »Ferhat
und Şirin«, welche die Berge durchbohrte und dem armen kran-
ken Volk des Landes Arzen endlich Wasser brachte? Hatte Nâzım
Hikmet sich damit nicht auf die persische Mythentradition be-
sonnen und unter anderem auch die Geschichte von Chosrau
und Şirin des persischen Dichters Nizami aus dem 12. Jahrhundert bei der Niederschrift seines Schauspiels, das ursprünglich
den Titel »Bir aşk masalı – Legende von der Liebe«[6] trug, im
Kopf? Man muß sich jedoch nicht zwischen Nizami, Yunus Emre
und Nâzım Hikmet entscheiden. Yunus und Nâzım gehören zu
unserer Kultur, und wir können weder auf den einen noch auf den
anderen verzichten. In Yunus' Gedichten durchbohrt Ferhat die
Berge, um das Lebenswasser sprudeln zu lassen, und er schwingt
die Hacke, um sich von seinem Ich zu lösen. Wie Nâzım jedoch in
der »Legende von der Liebe« schreibt, tut Ferhat das, um ein
Mittel gegen die Leiden des Volkes zu finden, um Kranke zu
heilen und Wunden zu verbinden.

Ich würde sagen, wenn wir den Hymnen von Aşık Sıtkı Baba
lauschen, nehmen wir einen Schluck *dem* – vom Rauschtrank
– und erfahren einen Moment lang, wie es einem ergeht, wenn
ein hoher Heiliger seinen Einfluß auf uns ausübt. Im Kreis von
Hüseyin Hürrem Ulusoy, der die Bektaşi-Würde von seinem
Großvater, dem letzten Oberhaupt eines Derwischkonvents,
übernommen und weitergeführt hat, gelangen wir in einen
rauschhaften Zustand. Wenn der Mundschenk die vollen Glä-
ser kredenzt, erhebt man sie im Namen von Freundschaft und
Liebe. Wie es in einer Bektaşi-Hymne heißt: »Wenn es die
Fülle ist, die wir trinken, ist es ein Ozean, in dem wir versin-

5 Yunus Emre: Dertli Dolap/Das Kummerrad, a.a.O. S. 9
6 Vgl. Nâzım Hikmet: Legende von der Liebe. Joseph in Ägyptenland. (»Ferhat ile
  Şirin. Yusuf ile Menofis«). Aus dem Russischen von Alfred Kurella. Leipzig 1962.

ken.« Dann vertiefen wir uns in ein Gespräch über Legenden um Hacı Bektaş Veli, über den Alevismus, die Liebe Mohammeds und Alis und gehen schließlich zu aktuellen Fragen über. Hüseyin Bey hat den Atlas genau erforscht und bewundert die Natur. Er arbeitet in Ankara als Türkischlehrer. Bei unserem Treffen, dem man den Namen »Im Gespräch mit Balım Sultan« gegeben hat, sind die Worte süßer als Honig, und vom Saz-Spiel kann man gar nicht genug bekommen. Denn bei jedem Wort des Dichters, der mit untergeschlagenen Beinen neben mir sitzt, wird einem das Wunder der Weisheit zuteil, und jedesmal, wenn eine Saite der Saz angeschlagen wird, kommt es einem so vor, als wären alle Eingeweihten von Chorasan mitsamt den Derwischen auferstanden. Und plötzlich drehen sich alle im Sema-Tanz. An erster Stelle der Meister aller Meister, der Gelehrte Ahmet Yesevi, sein Nachfolger, der Rebell Baba İlyas, den Yesevi in das Land Rûm schickte, dann dessen Nachfolger, Hacı Bektaş Veli, der Großherr, der »jeden Tag durch sieben Meere und acht Ströme zu seiner Stufe der Weisheit« gelangte, dann dessen Nachfolger Taptuk Emre, dann Yunus Emre, der die Dichtung Taptuks »in den Ländern kundtat, die er bereiste«, schließlich Abdal Musa, der Berge versetzte, dessen Nachfolger Kaygusuz Abdal, auch der Derwisch Şemseddin aus Täbriz und dessen Weggefährte Mevlâna schließen sich dem Sema-Tanz an, und Pir Sultan Abdal, den man in Sivas hängte – und viele, viele andere. Gemeinsam mit dem Dichter, der neben mir Saz spielt, werden die Abenteuer eines Stromes laut, eines Stroms der Aufstände und Massaker, jedoch auch der Liebe, der Liebenden und der schönen Geliebten, von den Steppen Zentralasiens bis nach Anatolien. Das ist jetzt ein rasch fließender Weltenstrom, ein einziger langer Ruf. Demnach ist es nicht nur ein Weg, der nach Hacıbektaş – nicht nur ein einziger Weg, der zu Hacı Bektaş führt! Tausendundeins Wege gibt es, um Gott zu erreichen.

Hacıbektaş 2002

Ein Derwischkonvent in den Bergen

Als wir in Antalya abfuhren, war noch nicht Tag, und es kam uns ein wenig dunstig vor. Da ging die Sonne auf, so verwirrend, ohne jedes Zögern, gleichsam mit einemmal. Und vor uns erhob sich das Bergmassiv der Beydağları in seiner ganzen Majestät. Jedesmal, wenn ich diese Berge sehe, fahre ich innerlich zusammen, weiß ich doch, wie schwer es ist, sie zu beschreiben, und es rühren sich die Geburtswehen der Erdkugel in mir. In dem jähen Gefälle der Berge zum Meer hin oder auch in ihrer sich terrassenförmig zum Himmel erhebenden Höhe liegt ein Geheimnis, das keine Naturgesetze kennt; darin ist etwas verborgen, das der Mensch nie verstehen wird. Schauerlich sind ihre an die Zähne einer Säge gemahnenden Felsen und ihre tiefen Schluchten. Im Winter sind ihre Gipfel immer verschneit. Wenn es auf den Frühling zugeht, verhüllen weiße Wolken die Gipfel, bevor sintflutartige Regenfälle einsetzen. In der gnadenlosen Sommerhitze sind die Berge tiefblau, purpurrot und indigofarben, wie eine ferne Oase. Bei Sonnenuntergang verglimmen sie. Und die Sternennacht senkt sich allmählich auf ihre Abhänge.

Die Berge lagen als unüberwindliches Hindernis vor uns. Wir aber fuhren zu Abdal Musa, nicht bis hinter die Gipfel. Dort, im Derwischkonvent im Dorf Tekke, in der Nähe von Elmalı, erwartete uns der Nachfolger von Hacı Bektaş Veli. In alten Quellen hatte ich gelesen, daß er zu der Zeit von Sultan Orhan lebte, 1326 mit Geyikli Baba an der Eroberung von Bursa teilnahm, danach in diese Gegend kam, um die Lehre von Hacı Bektaş zu verbreiten, und sich in Tekke niederließ. In wie viele Legenden ist der Name von Abdal Musa eingegangen! Wie viele Dichter haben um seinetwillen Verse verfaßt, Lieder komponiert und Saz gespielt! Wie viele Derwische sind seinem Licht gefolgt! Selbst wenn wir ihm nie begegnet wären, auch wenn ich nie zu seiner heiligen Stätte gepilgert wäre, nie zu ihm gefleht hätte, käme es mir dennoch so vor, als wäre mir Musa vertraut. Als ich auf dem Weg zu diesem ersten Bektaşi-Kloster Anatoliens war, viele Jahrhunderte nach seiner Gründung, liefen die Abenteuer der Wanderderwische – fast wie in einem Film – vor meinen Augen ab. Ich gedachte der wichtigsten Stationen dieser langen Wanderung, die in den Steppen Zentralasiens begann, nach Anatolien führte und von dort aus sogar bis in die Balkanländer.

Vom Herrn und Meister Turkestans, Ahmed Yesevi, der in einen mit getrockneten Lehmziegeln ausgemauerten Brunnen stieg, als er das Alter erreichte, in dem der Prophet gestorben war, und sich jahrelang – bis an sein Lebensende – dorthin zurückzog, erhielten sie die Erlaubnis, Abschied zu nehmen, und kamen mit den türkischen Stämmen in den Westen, in mehreren Wellen, unstet umherziehend, bis nach Anatolien und erwarben hier Boden. Diese Derwische mit ihren hohen, wie ein Elif, der erste Buchstabe des arabischen Alphabets, gekrümmten Kopfbedeckungen, ihren hölzernen Schwertern, der hellen Kleidung, ihrer Kutte, ihren mit Schmuck besetzten Leibgurten und ihrem geheimnisvollen Glauben gründeten Klöster und begannen die Lehre ihres Lehrmeisters Yesevi zu verbreiten. Wenn sie mit Gesten, die dem Flug des Kranichs nachempfunden waren, das Himmelsgewölbe anhielten, stand auch die Welt still, und wenn sie wanderten, wanderten auch die Berge. Wenn sie in Ekstase den Namen Gottes ausriefen, gerieten sie außer sich, versenkten sich ins Jenseits, wurden zum Fisch im Weltenmeer und zur Glut im Feuer. Es waren Widder oder Hirsche, auf denen sie ritten. Manchmal auch Löwen. Rein und lauter waren sie und durch die Liebe zu dem heiligen Ali gestärkt. Sie hatten schöne Augen, waren bescheiden und begnadet: Es waren Derwische, die in den Klöstern ritsch-ratsch machten, das heißt Haupthaar, Bart, Augenbrauen und Schnurrbart abrasierten und sich die Bettlerschale umhängten. Mit ihrer Barmherzigkeit, ihrem Sinn für Gerechtigkeit, ihrem menschlichen Handeln und ihrem unendlichen Wissen eroberten sie in kurzer Zeit die Herzen des Volkes. Und sie vermehrten sich wie die russischen Puppen, bei denen eine aus der anderen springt. Der Erhabenste unter ihnen war Hacı Bektaş Veli, der im Gewand einer Taube aus Chorasan gekommen war und sich in Suluca Kara Höyük niederließ, und Abdal Musa war sein Nachfolger. Das elfte von zwölf Fellen auf dem Bektaşi-Platz, das Fell des Wächters über die Schuhe, war seine heilige Stätte.

»Wer kennt uns schon,
wer weiß, woher wir sind,
weder aus dem Feuerfunken
noch aus dem Wasser selbst,
in uns brennt die Gottesglut.
Wir aus Chorasan stehn still
am Musa-Berg, verharren im Gebet.
Fragst du, woher wir sind:
Wir sind aus Khoy«

sagte er in einem seiner Gedichte und erklärte damit, daß seine Vorfahren aus der Stadt Khoy in Aserbaidschan kamen. Die Reihenfolge der Oberhäupter der Bruderschaft jedoch nennt er in einer Bektaşi-Hymne:

»Ins Land Rûm kam er aus Chorasan,
ist Hacı Bektaş Veli nicht mein Herr?
Saß auf, bestieg sein Pferd,
ließ tote Mauern wandern,
ist Hacı Bektaş Veli nicht mein Herr?
Herr über 96 000 Meister aus Chorasan,
über 75 000 Eingeweihte aus dem Lande Rûm,
aller Verehrten erhabenes Haupt.
Ist Hacı Bektaş Veli nicht mein Herr,

Balim Sultans Weggefährte,
Kızıl Deli Sultan kommt er gleich,
fragst du, wer Abdal Musa Sultan sei,
ist Hacı Bektaş Veli nicht mein Herr?«

Die Zahlen seiner Anhänger sind offensichtlich Legion, und
die Phantasie dürfte aus Tausenden viele Tausende, nahezu
unendlich viele gemacht haben; im übrigen wandern bei den
Aleviten und Bektaşiten nicht nur Berge und Steine, sondern
ihr Herr und Meister, Hacı Bektaş, läßt auch Mauern wandeln.
Die legendäre Lebensgeschichte des Nachfolgers, zu dem wir
uns jetzt auf den Weg machten, hatte ich im *Vilâyetname-i
Sultan Abdal Musa* gelesen und beschlossen, mir auch die Legenden an Ort und Stelle anzuhören, die in den Tahtacı-Dör-
fern, vor allem unter den in der Gegend von Elmalı lebenden
Aleviten, heute noch erzählt werden. Die frommen Geschichten haben bis auf den heutigen Tag überdauert, und wie es bei
der mündlichen Überlieferung Brauch ist, leben sie in der
Phantasie des Volkes weiter. Sobald wir in Tekke ankämen,
sollte ich vom Vorsteher der Bektaşi, Hüseyin Eriş, dem Ku-
rator des Mausoleums, ganz andere Versionen dieser Legenden
hören. Doch wir hatten uns eben erst auf den Weg gemacht.
Der Tag war gerade angebrochen. Und je näher wir ihnen
kamen, um so weiter wichen die Berge zurück. Wir saßen zu
viert im Minibus der Bezirksdirektion von Radio Antalya.
Nuri Erkal, Neslihan Pakel, unser Fahrer und ich. Als wir nach
Düzlerçamı kamen, überlegten wir einen Augenblick lang, ob
wir einen Abstecher nach Termessos machen sollten, das nicht
einmal Alexander der Große hatte erobern können. Wir hätten
zwischen den Kiefern am Nationalpark entlang zu der antiken
Stadt fahren und unseren Weg nach Elmalı gleich nach der
Besichtigung der Ruinen fortsetzen können. Wir hatten uns
jedoch um Abdal Musas willen auf den Weg gemacht, und zu
ihm fuhren wir. Auf meinen Vorschlag, einen Umweg über

Termessos zu machen, antwortete Nuri Erkal mit einem Gedicht von Âşık Veli:

»An der Küste des Mittelmeers, in den Landen um Aydın –
fliegen die Vögel zu Abdal Musa,
wanderten Berge, wanderten Steine,
zu unsrem Abdal Musa, erkannten dein Gesicht.

Vom Zug trennt sich der Kranich, taumelt,
denk ich daran, bebt mir die Brust,
Lämmer, groß und klein,
zu unsrem Abdal Musa springen Widder.

Den Eifer nahmen sie vom Vater Kaygusuz,
wißt ihr, die Zeit von İbrahim Ethem,
Herrscher nahmen Thron und Krone,
zu Abdal Musa wandern Toren.

Vormund sind mir die Geweihten,
Vorväter sind mir Abdal Musa, Bektaş-ı Veli,
und meine Tränen fließen um Hüseyin,
Jahrhunderte wandern – zu unsrem Abdal Musa.«

Wenn Vögel, Widder und Berge zu Abdal Musa wanderten,
wie sollten wir uns da ausschließen? Wäre das denkbar? Auch
wir waren dem Ruf des Heiligen gefolgt und hatten uns auf
den Weg gemacht. Kurz vor Korkuteli kamen wir an der Güver-Schlucht vorbei. In der Tiefe steile Abgründe, ein Flußbett
ohne Wasser – und Haselhühner in der Höhe. Als wir in die
Ebene hinabfuhren, sahen wir mit Äpfeln beladene Lastwagen
auf der asphaltierten Straße. Sie kamen aus Elmalı; wie der
Name sagt, ist der Ort nach *elma*, dem Apfel, benannt.

* * *

Riesige, knallrote saftige Äpfel brachten sie überallhin, ins ganze Land. Durch die Scheibe des Minibusses schaute ich mir die Landschaft an. Was ich sah, waren Stoppelfelder und Felsenhügel. An den ausgetrockneten Flußbetten schwankten die Silberpappeln im Wind. Ob auch die Pappeln den Hügeln da drüben folgten, als Abdal Musa die Berge wandern ließ? Wer weiß, vielleicht hatte der Şeyh nur Macht über die Steine, nicht über die Bäume. Ich erinnerte mich an eine Passage im *Vilâyetnâme*:

»Abdal Musa Sultan rief »Hû«, und sie blieben sofort stehen. Und in dem Augenblick, als er rief: »Wer mich liebt, der soll wandern!«, machten sich alle Berge und Steine hintereinander auf den Weg und kamen tatsächlich herbei. Sie brachen über die Stadt Genceli herein und besiegten sie. Doch in jener Stadt lebte ein altes Mütterchen. Sie hatte eine Kuh. Die Milch jener Kuh brachte sie stets zu Abdal Musa. Nur ihr Haus wurde gerettet, es blieb stehen, und alles andere wurde dem Erdboden gleichgemacht. Die Derwische sagten: »Selbst die Berge sind gewandert, mein Herr und Gebieter!« Abdal Musa Sultan sprach: »Steh still, mein Berg, steh still, du sollst neben unserem Grab stehen« – und als er diese Worte gesprochen hatte, hielt der Berg inne. Diesmal blieben die Steine nicht stehen. »Da kommen sie!« rief man. Und wieder sprach Abdal Musa Sultan: »Könnt ihr nicht stillstehen?« und schlug ein einziges Mal mit dem schwarzen Knüppel auf sie ein – und auch die Steine bewegten sich nicht mehr. Und so kam er mit seinen Derwischen bei Teke Bey an.«

Zur Geschichte dieses Teke Bey werde ich noch kommen, vorher jedoch möchte ich eines erklären: Im sunnitischen Islam kommen keine Wunder vor. Sogar Mohammed ist nur ein Diener Gottes, genauso wie Sie und ich. Mehr nicht. Gott hatte ihn, das heißt Mohammed, den Diener, den er am meisten liebte, auserwählt, um sein Wort weiterzugeben. Doch so ist es nun einmal, in der Tradition des Sufismus wandern auch Steine und Berge. Es genügt, daß ein begnadeter Meister es befiehlt. Zwar steht im Koran geschrieben, man werde Berge wandern lassen, doch dies könne nur die Macht des Allmächtigen bewirken. Überdies wäre es eines der Zeichen des Jüngsten Gerichts, wenn die Berge sich in Bewegung setzten. Wie auch immer, als wir zu Abdal Musa fuhren, wanderten weder Berg noch Stein. Auch die Pappeln waren nicht hinter uns her. Noch bevor die Sonne die kahlen Abhänge erglühen ließ, kamen wir bei angenehmer Kühle in friedlicher Umgebung in Elmalı an.

* * *

Das erste, was mir in dem felsigen, an einen fast kahlen Berg gebauten Elmalı auffiel, waren die Pappeln. In Reihen standen sie grasgrün an den Ausläufern des Berges und schwanken im Wind. Da mußte es eine Quelle geben, dachte ich, einen unterirdischen Strom, der in seiner Fülle nicht nur für die Stadt, sondern auch für die Weinberge im Süden, für die Ebene und die Wassermühlen reicht, von denen es einst ziemlich viele in dieser Gegend gab und deren Wasser Abdal Musa rückwärts fließen ließ, wenn man der Legende Glauben schenken darf. Ich sollte mich nicht täuschen. Den Strom konnte ich nicht erkennen, doch von seinem Ruhm erfuhr ich im Mausoleum von Ahi Baba, dem Şeyh des heiligen Ömer Paşa. Das Grabmal steht im Hof der Moschee von Ketenci Ömer Paşa, dem Eroberer von Sarajewo. Dieses Gebäude mit der alten, als Volksbücherei genutzten, mit einer Bleikuppel überdachten Medrese – der theologischen Lehrstätte –, dem Innenhof mit Säulengang, Brunnenanlage und der bejahrten Platane im Hof wird mir als eine Moschee mit blauen Fayencen in einer verschlafenen anatolischen Kleinstadt im Gedächtnis bleiben. An die kleinen, dolchförmigen Blätter auf tiefblauem Grund, die weißen Tulpen mit den zarten Stielen, an die Kamillen- und Granatapfelblüten, mit der *celisülus hattı,* einer besonders großen Schriftart des Arabischen, verziert, in siebenfache Bordüren eingefaßt, werde ich mich vermutlich mein Leben lang erinnern. Auch an den Schneider, der Steppdecken näht, und den alten Barbierladen am Markt ganz in der Nähe des Mausoleums, die Eindrücke aus meiner Jugend wachriefen. Um das Tor zu dieser stillen, in sich ruhenden Welt, die sich mit der Illusion der Vergangenheit begnügt, einen Spalt zu öffnen, muß man die Betonbauten Antalyas und das Gewimmel von Touristen, die sich am Strand sonnen, zurücklassen, in die Beydağları reisen und gewissermaßen das Zeitalter wechseln. Wenn Sie das Schild am Stamm der Platane im Innenhof der Moschee lesen, machen Sie sich schon in Elmalı mit den Schülern von Abdal Musa vertraut: »DIE ERHABENEN UND HEILIGEN UNSERER STADT ELMALI«. Von Ahi Baba bis Baltası Gedik und von Vahap Ümmi bis Kaygusuz Abdal sind es genau neun Namen. Ans Ende der Liste wurden außerdem die Eroberer Zyperns gesetzt. An dieser Stelle sehe ich mich genötigt, eine Haltung zu kritisieren, der zufolge militaristische Ideologie und die Heiligen von Chorasan, die selbst in der Epoche der Eroberung nur ein hölzernes Schwert am Gurt trugen, in einem Atemzug genannt werden. Abdal Musa war ein Schüler von Hacı Bektaş Veli, der im Gewand einer Taube nach Anatolien kam; schließlich wird er für seine Friedensbewegung gerühmt und keineswegs als Sieger eines blutrünstigen, sinnlosen Krieges. Wie auch immer, wir kamen am Abhang des Berges an, und der Imam der Ömer-Paşa-Moschee, den wir kennenlernten, noch bevor wir dem Mausoleum von Ümmi Sinan, einem Oberhaupt des Halveti-Ordens, einen Besuch abgestattet hatten, erzählte uns die Geschichte von Niyazi-i Mısrı.

Mısrı träumt eines Nachts von Abdülkadir Geylani. »Ich weiß«, sagt Geylani, »du suchst jemanden, der dir den rechten

Weg weist. Die Welt ist schlecht. Überall herrschen Ungleichheit, Unrecht, Not und Elend. Diese Welt ist nicht für dich
gemacht. In einer solchen Tyrannei kannst du nicht finden,
was du suchst. Geh ins Land Rûm, geh nach Anatolien! Dort
sind die Richter gerecht, die Menschen friedliebend und die
Herren tolerant. Hinter den Bergen findest du, was du suchst!«
Mısrı macht sich auf den Weg und wandert immer geradeaus,
über Berg und Tal. Und was meint ihr, was er sieht, als er sich
umdreht? Er ist keinen Schritt weitergekommen. Doch er gibt
nicht auf. Er weiß, zum Schluß wird er sein Ziel erreichen,
wird endlich jenen finden, der ihm den rechten Weg weist,
wird sich mit ihm in die Einsamkeit zurückziehen und seine
Sehnsucht stillen. Und dann hat er vor seiner Ankunft in
Elmalı einen weiteren Traum, als er in einer Karawanserei
übernachtet. Mutterseelenallein ist er in der Steppe. Ringsum
weder ein Laut noch ein Hauch. Auch keine Karawane. Bald
wird Nacht sein, und tiefe Finsternis wird die Leere füllen.
Und dennoch setzt er seinen Weg fort. Ohne den Mut zu
verlieren, läuft er mit nackten, blutüberströmten Füßen weiter,
ohne zu klagen. Plötzlich findet er sich inmitten einer Menschenmenge wieder. Mit einem Schnabelkännchen in der
Hand betritt er einen Laden auf dem Markt der Verzinner.
»Du bist umsonst gekommen«, sagt der Verzinner, »ich kann
nur die Außenseite des Schnabelkännchens verzinnen. Und
dann wird weder deine Waschung noch dein Gebet angenommen. In Elmalı lebt ein hoher Herr, den man Sinan-i Ümmi
nennt. Nur er kann das Innere des Schnabelkännchens verzinnen.«
Als er aufwachte, kam er sich wie ein verrostetes Kupferkänn-
chen voller Gift vor. Er mußte sich vom Schmutz dieser Welt
reinigen und verzinnt werden. Wie so viele Wanderderwische
wandert er Tag und Nacht ganz allein durch die Steppe.
Schließlich tauchen die Berge in der Ferne auf. Und Elmalı
hinter den Bergen.

»Mein Freund, Ali, Ruhestätte den Ländern, erschien,
Elmalı, den Leidenden ein Mittel gegen das Leid, tauchte
auf«

sprach er, kam am Derwischkonvent von Ümmi Sinan an, bat
flehentlich um Einlaß, küßte die heiligen Hände und wurde
Ümmi Sinans Schüler.

Auch wir kamen zur heiligen Stätte von Ümmi Sinan. Um
jedoch zu verstehen, warum Mısrı so viele Wege wanderte,
bis er hierherkam, warum er Sinans Jünger wurde, mußten
wir die Verse lesen, die am Tor des Konvents eingemeißelt
waren:

»Willst du wissen, wer du bist, komm nur, komm!
Was immer ich dir in den Hallen zeige –
wer innig liebt, den Geschmack der Liebe
kann er nicht im zuckersüßen Honig finden.«

Über den kleinen Innenhof mit dem Brunnen stiegen wir in
den Empfangsraum hinauf. Als wir dann auf dem Weg ins
Dorf Tekke waren, kam es mir so vor, als rollten auch wir,
wie die Steine, den Berghang hinab. Waren wir nicht wie der
vielfach golden in Leder geprägte Buchstabe *Vav* auf der Tafel
an der Wand, der seinen Weg zu Abdal Musa sucht? Wir
fuhren den Abhang hinab, den Legenden, den Worten, ja
sogar den Buchstaben hinterher, wollten alles ganz genau wissen und uns an Ort und Stelle ansehen. Schnell fuhren wir
dahin, rollten nach Tekke in der Ebene von Elmalı und kamen
bei Abdal Musa an.

* * *

Am Eingang des Konvents kommt uns Hüseyin Eriş, einer der
Väter, das heißt der Vorsteher der Bektaşi, entgegen, der Ku-
rator des Mausoleums. Und da er über unser Kommen infor-

miert ist, hat er überhaupt keine Scheu. Wenn ich »Vater« sage, sollten Sie sich keinen alten Herrn mit Turban und weißem Bart vorstellen. Hüseyin wirkt ganz jung und modern. Auch in allen Fragen des Bektaşi-Ordens kennt er sich recht gut aus. Er erzählt, er spiele Saz, die Laute, und drehe sich im Sema-Tanz, dem rituellen Reigen.

»Der Sema-Tanz ist Teil unseres Gottesdienstes. Wenn Sie wüßten, was er alles erklärt!«

»Was zum Beispiel?«

»Er teilt uns mit, daß wir um Gott kreisen, indem wir der Erde etwas nehmen und es dem Himmel geben. Wir machen keinen Unterschied zwischen Männern und Frauen. Nachdem wir uns satt gegessen haben, drehen wir uns im Sema-Tanz und singen Lieder.«

Er nimmt die Saz und beginnt zu spielen. Der Vorhof ist von einer wunderbaren Melodie erfüllt. Ich bin gespannt auf das Innere des Grabmals, aber es kommt nicht in Frage, daß wir hineingehen, bevor wir Hüseyin gelauscht haben. Wir nehmen in einer Nische Platz. Wirklich läßt die Saz eine unendliche Sehnsucht laut werden; sie gibt den Takt zu den Drehungen eines Derwischs in Ekstase an, der darauf versessen ist, endlich in Gott aufzugehen, in der irdischen Existenz ausgelöscht zu werden – und den Rhythmus, so rasch und entschlossen, wie er ein Obergewand nach dem anderen ablegt, während er sich dreht. Die Finger gleiten über die Saiten, als ob sie Äpfel vom Baum da drüben pflückten. An der Wand hängt ein Bild, das den heiligen Ali darstellt. Ihm zur Rechten Abdal Musa und links von ihm Kaygusuz Abdal. Abdal Musa hat eine Haube in Form eines gekrümmten Elif auf dem Kopf, Kaygusuz trägt Helm und Panzer. Wie man sieht, ist er noch nicht ins Kloster eingetreten, ist noch kein Schüler von Musa, sondern noch der verwöhnte Sohn von Alâiye Bey, des Herrn von Alanya. Die Saz scheint einen Moment lang leiser zu werden, dann wird ihr Klang wieder feurig. Hüseyins vom

Schwingen der Hacke schwielige Finger öffnen und krümmen sich auf dem Lautenhals. Mit der rechten Hand schlägt er mal die Saiten, mal das Gehäuse der Saz. Mein Blick wandert zu einem anderen Bild Alis an der gegenüberliegenden Wand. Daneben steht »Ali, der heilige Imam«, und da hängt das Schwert Zülfikâr.

Unter dem Schwert liest man den Satz: »Niemand ist tapferer als Ali, kein Schwert besser als Zülfikâr.« Die Bilder von Hasan und Hüseyin hängen direkt über der Kaaba. Ich denke an die beiden Söhne Alis, als sie in Kerbelâ hungrig und durstig ihre Gebete sprachen, bevor sie ermordet wurden. Vor meinen Augen wird die Geschichte des Islams lebendig, die durch Leid, Blut und Raubzüge Schaden genommen hat. Atatürk, der Gründer der laizistischen Republik, der unser Land davor bewahrte, sich mit seiner Geschichte im Kreis zu drehen, blickt uns direkt neben dem mit Yürüken-Kelims überzogenen Polster an, auf dem wir sitzen. Unter seiner Gipsbüste steht: »Sei stolz, Türke, sei fleißig und getreu!« Im Eingangsbereich des Trakts, in dem sich die Sarkophage und Reliquien befinden, hängen wiederum Bilder von Abdal Musa und Kaygusuz. Musa hat diesmal die rechte Hand aufs Herz gelegt und ist dabei, die linke Hand zu erheben und einen Pfeil aus seiner Schulter zu ziehen. Kaygusuz hat den Helm abgenommen. Der Meister fragt: »Ist dies der Pfeil, den du auf die Gazelle geschossen hast?«, ohne den verblüfften Blick des Schülers zu beachten. Natürlich werde ich auch die Geschichte von Kaygusuz erzählen, der als Sohn eines Feudalherrn in die Einsiedelei Abdal Musas eintrat, auf weltliche Güter verzichtete und sich mit einem Leben in Armut begnügte. Denn diese Legende von der Gazelle ist eine der schönsten Geschichten der anatolischen Bektaşi-Überlieferung. Hüseyin hat jedoch auch ein Wort mitzureden. Und er läßt seine Saz sprechen, deren Klänge an den Wänden des Konvents widerhallen. Herzlich heißt er uns willkommen:

»Liebe Freunde, willkommen in Elmalı,
herzlich willkommen!
Willkommen bei Abdal Musa,
herzlich willkommen!

Hû! Rufen wir den Heiligen zu, Hû!
Den Rosen im herrlichen Garten,
den Meistern auf dem rechten Weg,
willkommen, herzlich willkommen!«

Ich weiß nicht, ob einst Rosen im Garten des Derwischkonvents blühten. Als wir ankamen, kurz zuvor, hatte ich mich danach umgeschaut. Alles, was ich sah, waren ein paar Pappeln, eine große Platane, von der es heißt, sie sei so alt wie Abdal Musa, und Grabsteine. Außerdem stand der Berg da drüben. Der wandernde kahle Berg, der stehenblieb, sobald er die Gnade des Meisters in dem Moment erkannte, als jener rief: »Halt!« Abdal Musa hatte die Einsiedelei nicht an den Berghang gebaut, sondern aller Wahrscheinlichkeit nach aus Bescheidenheit in die Ebene gesetzt, als ob er aller Welt sagen wollte: »Lebt in Harmonie!« Dieser Rat steht auch an der Wand des Konvents, mit anderen Ratschlägen, die er erteilt, als würde er den Derwischen den heiligen Atem einhauchen. Ich dachte an die alten Zeiten. An die Epoche, als der Konvent eine in sich geschlossene ökonomische Einheit war und die Derwische nicht nur Gottesdienste abhielten, sondern sich auch mit der Produktion beschäftigten. Sagte Abdal Musa nicht in einer seiner Lehren: »Verlier keine Zeit!« Mir fiel ein, was Evliya Çelebi im *Seyahatname*, dem Buch der Reisen, unter dem Titel »Der Wallfahrtsort von Vater Abdal Musa, dem Derwisch aus der Familie von Al-i Aba« geschrieben hatte:

»Am Fuß des Berges stehen hundert Häuser. Das ist die fromme Stiftung von Abdal Musa. Dort sind die Leute, die für die

Instandhaltung und Verpflegung verantwortlich sind. Im Süden des Dorfs liegt Vater Abdal Musa unter einer großen Kuppel mitten in einem Garten von viertausend Schritt im Geviert begraben. Es ist eine spitze Kuppel. Ihr Halbmond ist aus Gold. Auf allen Seiten seines Sarkophags stehen Koranverse. (...) Die Kuppel erhebt sich mitten in einem Garten. Rings um den Garten gibt es Herbergen und Andachtsorte, Küchen, kleine Moscheen, Bäche und Pavillons. (...) Man sagt, seit Vater Musa dieses Derwischkloster erbaut habe, sei das Feuer in seinem Herd nie erloschen. Dort gibt es über zehntausend Maultiere, mehr als tausend Rinder, siebenhundert Stuten, sieben Mühlen, Weinberge und Gärten. Das anatolische Volk glaubt an diesen Heiligen. Man hat viele Wunder erlebt.«

Wie immer übertreibt Evliya die Zahlen wahrscheinlich ein bißchen. Doch er gibt uns auch wichtige Informationen über die wirtschaftliche Lage in jenem Zeitalter, das heißt im 17. Jahrhundert. Heute ist das ganz anders. Vermutlich ist das Kloster renoviert worden, und auch den Garten hat man gepflegt. Doch von der gesamten Anlage mit allen ihren Einrichtungen ist fast keine Spur mehr zu finden. Der Halbmond auf der Kuppel, den man abgenommen hatte, wurde aus dem Museum von Antalya zurückgebracht und an Ort und Stelle eingesetzt, auch wenn er nicht aus Gold war, wie Evliya erklärte. Zurückgebracht wurde auch die spitze Kuppel, und man erkennt sie aus fünf Wegstunden Entfernung. Im Dorf Tekke, nach dem Konvent von Hacı Bektaş das größte Zentrum des anatolischen Bektaşismus, wird ein Haus für die Cem-Zeremonie gebaut, ein Bauvorhaben, an dem sich das Kulturministerium beteiligt. Dies alles ist der Beweis, daß die Kultur der Aleviten und Bektaşiten in dieser Gegend weiterlebt. Jedes Jahr finden am ersten Juniwochenende Gedenkfeiern zu Ehren von Abdal Musa statt, zu denen Sänger und

Bektaşi-Väter aus allen Teilen des Landes kommen. Vom Geist Gottes erfüllt, dreht man sich im Sema-Tanz, und Gebetsrufe erschallen.

Schließlich schwieg Hüseyins Saz. Wir betraten die heiligen Stätten von Abdal Musa und Kaygusuz Abdal, die in den Sarkophagen unter der Kuppel in ihrem letzten Schlaf lagen, und erwiesen ihnen unsere Verehrung. Die Kutte des Ordensoberhaupts und sein schwarzer Knüppel sind in der Glasvitrine ausgestellt. Auch das hölzerne Schwert sah ich und den Huldigungsstab, von dem es heißt, er stamme vom heiligen Hüseyin. Ich dachte daran, daß dieses Schwert in den kriegerischen Zeiten, in denen wir leben, einen tieferen Sinn bekommen habe und schöner geworden sei. Als ob Hüseyin meine Gedanken gelesen hätte, kam er zu mir und sagte:

»Dieses Schwert ist dir am liebsten!«

Richtig, dieses Schwert hatte ich am liebsten, Hüseyin. Natürlich ebenso deine Saz, deine Glut und deine Gastfreundschaft. In einer seiner Lehren sagt Abdal Musa: »Gräm dich nicht auf Erden!« Wir sollten unseren Kindern eine Welt hinterlassen, in der sie sich nicht grämen.

Antalya – Paris, 2001-2002

Was Kaygusuz Abdal geschah

Mein Blick blieb an dem Kalenderderwisch hängen, natürlich nicht an ihm selbst, sondern an seinem Abbild. Das heißt an seinem Gemälde an der Wand. Er war mit einer enganliegenden, ärmellosen Kutte bekleidet, hatte den zwölfeckigen Stein aus Alabaster umhängen und trug den Ordensgurt um die Taille. Die in der Mitte gescheitelten schwarzen Haare reichten ihm bis auf die Schultern und bildeten eine Linie mit den hängenden Schnurrbarthaaren. Eine Schlange ringelte sich um den Stamm des Baumes neben ihm. In ehrerbietiger Haltung lauerten zwei schreckenerregende Geschöpfe, ein Löwe und ein Skorpion, zu seinen Füßen und harrten auf seinen Befehl. Ohne sich durch die Verlockungen des Satans verführen zu lassen, hatte er sie durch die Macht des Glaubens bezwungen. Ohne Rücksicht auf Hindernisse war es ihm gelungen, doch um welchen Preis? Indem er sich von der Welt zurückzog, sich tagelang in der Zelle einschloß und Gebetsformeln rezitierte, sein eigenes Ich für nichtig erklärte und auslöschte. Das Gemälde ließ erkennen, daß er kein Verlangen nach den »vier Schlägen« hatte, mit anderen Worten, daß er Haupthaar, Augenbrauen, Schnurrbart und Vollbart nicht – wie bei den Kalenderderwischen üblich – mit dem Messer abrasiert hatte. Nur den Bart hatte er gestutzt.

»Seit ich dieses Leid erlebt,
stutz ich mir den Bart.
Seit ich eins ward mit dem Einen,
stutz ich mir den Bart.

Stutz mir den Bart, er wächst nicht mehr,
auf der Wiese singt die Nachtigall,
der Barbier sagt: Es reicht!
Ich stutze mir den Bart.

Kaygusuz Abdal bin ich,
weiß nichts von Prahlerei,
kein Härchen lass' ich dran
und stutze mir den Bart.«

Auf der Rückfahrt von Elmalı dachte ich an das Bild von
Kaygusuz, der von der Wand des Abdal-Musa-Konvents her-
abblickt, und erinnerte mich daran, daß ich ihn auch auf
einem anderen Bild im Museum des Topkapı-Serails gesehen
hatte. Laut Abdülbâki Gölpınarlı ist der Derwisch Kaygusuz
Abdal, Trompete blasend, auf der berühmten Miniatur von
Levni zu sehen. Auf dem Weg nach Alanya stellte ich mir
Alâeddin vor, den Sohn eines Feudalherrn, der hier in der
Gegend ausritt, auf die Jagd ging und es sich wohlergehen ließ,
bevor er Schüler von Abdal Musa wurde, und versuchte mir in
Erinnerung zu rufen, wie er lebte, bevor er Derwisch wurde
und die Namen Gaybi und Kaygusuz annahm. Damals hatte
er keine Kopfbedeckung aus Kamelhaar wie auf dem Porträt
von Levni, vielleicht trug er einen Turban, vielleicht einen
Helm. Wahrscheinlich hatte er keinen Ohrring im linken
Ohr, wer weiß, vielleicht doch. Auf keinen Fall jedoch band
er sich einen mit roten Steinen und einem Radmuster verzier-
ten Gurt um die Taille. Ganz bestimmt trug er keine an den
Hüften eng anliegende Pluderhose und keine honigfarbene
Kutte, sondern einen Kaftan. Auch hatte er keine Gebetskette
und keinen langstieligen Löffel um seinen Arm geschlungen.
Und die Bettlerschale, die wie vergessen dort auf dem Boden
stand? Das schickte sich natürlich nicht für den Sohn eines
Feudalherrn. Prinz Alâeddin, der Sohn von Hüsamettin Mahmut, Herr über Alanya, konnte nicht bettelnd von Tür zu Tür
gehen, stammten seine Vorfahren doch von den Karamanoğulları aus Karaman ab, bis hin zu Nûre-Sûfi, ihrem Ahnherrn,
und hatten den Aufstand der Bektaşi-Väter unterstützt. Aller
Wahrscheinlichkeit nach schor auch er sich nicht den Kopf,

um sein Ich auszulöschen und sich zu demütigen. Damit das alles geschehen konnte, war eine radikale Umkehr, ein Wunder erforderlich. Sobald es zu diesem Wunder käme, würde er den Namen Gaybi – der Unsichtbare – annehmen, das heißt, er würde verschwinden. Genauer gesagt, in einer anderen Welt würde er neu geboren werden, auf diesen Lebensstil und die schändliche, verlogene Welt verzichten und ins »Jenseits«, in die Welt des Unsichtbaren, eingehen. Doch Eile mit Weile! Wir sind auf dem Weg nach Alanya, es ist Frühling, und die Luft ist lau. Wir haben noch Zeit genug, um zu erfahren, was dem Sohn des Herrn von Alanya geschah.

Mit welchem Bild hatte Kaygusuz denn nun Ähnlichkeit? Mit dem Gemälde im Konvent oder der Miniatur im Museum? Vielleicht mit keinem von beiden. Ich bin mir fast sicher, daß er einen Schnurrbart trug und dunkle Haare hatte. Auf jeden Fall stammte er aus der Dynastie der Karamanoğulları. Nun gut, und seine Augen? Ob er Schlitzaugen hatte wie die mit gekreuzten Beinen sitzenden Sultane, die wir auf seldschuki-schen Fayencen sehen? Oder ob seine Augen so hell waren wie die Kieselsteine, mit denen man weissagt? Oder glänzend wie Oliven? Das werden wir nie in Erfahrung bringen. Wir kön-nen jedoch annehmen, daß Kaygusuz' Augen ihr früheres Strahlen verloren, kurz nachdem er sich Abdal Musa ange-schlossen hatte. Ja, unter den Augen bildeten sich Ringe, und eine ferne Einsamkeit legte sich auf seinen Blick. Bekannt ist, daß er seine Lebensfreude unterdrückte, sein jugendliches Feuer löschte, sich dem Einsiedlerleben verschrieb und die Derwischkutte anlegte. Jetzt brannte ein anderes Feuer in sei-ner Seele, wie Glut unter der Asche. Ein Feuer, das Zeit brau-chen würde, um aufzulodern. Der Schein dieses Feuers fiel weder auf seinen Blick, noch erhellten Feuerstrahlen sein Herz. Er hatte sein Herz zwar poliert, gereinigt und blitzblank ge-wichst, doch das war ein anderes Herz, nicht jenes, das rasch schlug, wenn er sich verliebte. Immer wenn er ein Stück weiterkam und sich die Schleier vor seinen Augen hoben, würden die Bilder im Spiegel des Herzens reflektiert werden. Verwegenheit, Lust am Aufruhr und Vergnügungssucht sollten allmählich abnehmen und Not, Armut sowie Gottvertrauen Platz machen. Und doch war er der Sohn eines hohen Herrn, ein mutiger junger Mann, der es verstand, sich durchzusetzen, »bevor er dies alles erlitt und seinen Bart stutzte«, um mit seinen Worten zu sprechen.

Wie alle Söhne der Feudalherren jener Epoche ritt er leidenschaftlich gern, gürtete sich begeistert das Schwert um, er liebte das Schießen mit Pfeil und Bogen, Ringkämpfe und seine Freunde. Auch nach Wissen dürstete ihn, was allerdings sonst kein Herrensohn mochte. Vom Lesen, Memorieren und Lernen konnte er nicht genug bekommen und hatte seine Freude daran, alles, was er wußte, anderen mitzuteilen. Er hatte sich hervorragend ausbilden lassen, und es reichte ihm nicht, Unterricht bei den bedeutendsten Gelehrten seiner Zeit zu nehmen, sondern alles hatte er persönlich erlebt, erkannt und verstanden. Genauer gesagt, er glaubte, er habe es verstanden. Denn zum wahrhaften Wissen sollte er nicht durch das Dogma von Gottes Gebot, sondern durch die Bruderschaft gelangen, doch wie ich schon sagte, eile mit Weile, denn wir haben Zeit.

Wir können damit fortfahren, uns auszumalen, womit er sich beschäftigte, bevor er in den Orden eintrat. Alanya ist nicht sehr weit und die Straße kaum befahren. Bevor wir aber ins Zentrum der Stadt kommen, müssen wir links abbiegen. Das Serail, in dem die Herren von Alanya lebten, liegt nicht innerhalb der Festung wie der Winterpalast von Alâeddin Keykubad, sondern in Oba Gülefşen. Während wir durch Orangengärten fahren, lassen wir die alte Wassermühle hinter uns, deren Rauschen Kaygusuz in seiner Kindheit hörte und in deren Schatten er vielleicht schlief, fahren weiter bis zum Dorf Cikcilli und könnten zwischen den Ruinen auf dem Hügel, den man »Saray Beleni«, den Paß des Serails, nennt, umherwandern. Wir können uns vorstellen, daß sich hier einst der Palast der Herren von Alanya in seiner Pracht erhob; eigentlich sind noch nicht einmal Trümmer stehengeblieben, die Grundmauern wurden mit Bulldozern entfernt, und an ihrer Stelle ragen Bananenstauden und Obstbäume empor. Ja, einst stand hier ein Palast! An den Wänden strahlten Sternfayencen, auf den Inschriften war von unglaublich vielen Siegen die Rede, und Rosen aus fremden Ländern blühten im fürstlichen Garten. Die Aussicht war damals so atemberaubend wie heute. Der Strom, der von den Ausläufern des Akdağ – des Weißen Berges – ins Oba-Tal floß, bewässerte die Gärten mit ihren Zitrusfrüchten, bevor er ins Mittelmeer mündete, und spendete der Gegend Leben. Und bevor Kaygusuz zu Kaygusuz wurde, bevor er eines Tages verschwand und zu Gaybi wurde, verbrachte er sein Leben unter dem Namen Prinz Alâeddin in dieser wunderbaren Natur, in dem Paradies, das Gott in diesem Landstrich, wenn nicht den Menschen schlechthin, so immerhin dem Sohn des Fürsten geschenkt hatte. Er genoß nicht nur die Glücksgüter dieser Welt, sondern, da er nun einmal im Paradies lebte, gewiß auch die himmlischen Jungfrauen. Ja, und – warum eigentlich nicht? – vielleicht hatte er auch eine Neigung zu den Knaben, die im Winter »eine rauhe Haut« hatten und deren »Schamgegend sich im Sommer kühl« anfühlte, und damit hielt er sich vermutlich an die Ratschläge im *Kâbusname,* das sich bestimmt in seiner Bibliothek fand. Auch an der Lust sollte man sich je nach Jahreszeit erfreuen, die Früchte verzehren und sich daran gütlich tun. Oder er war kein Sklave der Wollust und des Trunks geworden, sondern einer Geliebten mit Gazellenaugen – wie in den Märchen – verfallen. Ja, den ganzen Tag lang sehnte er sich nach der schönen jungen Frau mit den sichelförmigen Augenbrauen, und um ihretwillen wartete er ungeduldig auf die Nacht. Ziyari, der Verfasser des *Kâbûsname,* hatte recht. Die Haut der Frauen war kühl wie die Luft auf der Hochebene, man mußte sich ihnen im Sommer nähern und ihnen im Winter fernbleiben. Tagsüber brachte nicht das tiefe, salzige Meer dem Prinzen Kühlung, sondern das Bassin des Serails, und abends stillte er seine Sehnsucht mit der Frau, die er liebte …

* * *

Haben Sie nie ein Reiterdenkmal gesehen? Ich spreche nicht von den Standbildern Atatürks, die wir kennen. Auch nicht von der Statue von Sultan Mehmet, dem Eroberer, die gegenüber dem Aquädukt des Valens in Istanbul steht. Haben Sie das Reiterdenkmal in der Stadt gesehen, die den Namen ihres Eroberers, Alâeddin Keykubad, trägt, ein Denkmal, bei dem Pferd und Reiter eins geworden und fast aus einem Guß sind? Wenn Ihre Reisen Sie einmal in diese Gegend führen sollten, müssen Sie es sich unbedingt anschauen! Das Denkmal steht im Park der Stadt, die innerhalb der Ruinen der uralten Stadtmauern auf dem Felsenhügel der Halbinsel gegründet wurde, die sich, kugelrund wie eine Katze, ins Mittelmeer krümmt; früher hieß der Ort Kalonoros, später Alaiye, das heißt, Alanya. Der Park ist – warum auch immer – an den Stadtrand verbannt worden, als wäre er vom Geschehen im Zentrum ausgeschlossen. Mit seinen Blumen und dem Rasen, dem man auf den ersten Blick ansieht, daß er nicht ohne weiteres grünt, mit dem Bassin, den Palmen und Kiefern machte er – fern vom Markt und dem Gewimmel von Touristen, die sich im Sommer an den Stränden tummeln – einen etwas melancholischen Eindruck, so einsam und verlassen wirkte er. Genau in der Mitte stand eine Reiterstatue aus Bronze. Wegen des Helms auf dem Kopf und des herabhängenden Schnurrbarts hielt ich den Reiter zuerst für einen mongolischen Krieger. Als ich dann näher an den Sockel herantrat und die in den Marmor eingravierte Inschrift las, stellte ich fest, daß es sich um den seldschukischen Sultan Alâeddin Keykubad handelte. Er hatte den Rücken der Stadt zugewandt, die er Kyr Vart nach einer zweimonatigen Umzingelung zu Wasser und zu Lande abgetrotzt hatte, und blickte auf die Berge. Jedenfalls war das ein Mann der Steppe; mit seinem Heer war er durch die Ebenen galoppiert, durch Flüsse und Täler gezogen, hatte das Taurusgebirge überquert, und als er nach Antalya herabstieg, war er dem Meer begegnet, hatte es jedoch nicht freudig begrüßt. Von hier aus sah er weder Kızılkule noch die Mauern, die er mit tausendundeins Mühen befestigen ließ. Er sah auch nicht das steinerne Bauwerk mit den fünf Toren, in die sich das Meer in dieser kleinen Bucht drängt, als ergösse es sich in eine Höhle – die erste türkische Werft in dieser Gegend. Standbilder sehen sowieso nichts. Manchmal stehen sie auf, und nachts, zu später Stunde, suchen sie sich einen anderen Platz. Und während die Statue Alâeddins lostrabt, geht der Gaul vielleicht durch, und Alâeddin läßt ihn nach Kayseri, Konya und zum Kubadabad-Palast galoppieren, um sich an seinem Sohn zu rächen, der ihn bei einem Gastmahl vergiftete, und danach kehrt die Reiterstatue zurück und nimmt ihren Platz in diesem seltsamen Park von Alanya ein. Den Palast aber ließ Alâeddin einst am Ufer des herrlichen Beyşehir-Sees an den Ausläufern der Anamas-Berge erbauen. Vermutlich schmollte Alâeddin der Stadt Alanya, der er seinen Namen gegeben hatte, und wandte daher den Kopf dem Festland, der Steppe zu, die er in seiner Jugend von einem Ende bis zum anderen durchquert hatte, als wollte er – mit einem wehmütigen Blick auf den vernachlässigten kleinen Park – sagen: »Durch die Eroberung jener Stadt und die Ehe mit der Tochter ihres früheren Herrn bin ich Sultan über das Land und zwei Meere geworden, doch jetzt beherrsche ich noch nicht einmal einen einzigen dürren Landstrich.« Ich erinnere mich nicht genau, ob ich die folgende Inschrift zwischen den Ruinen im Inneren der Burgfestung oder am Tor von Kızılkule sah. In Kûfi-Schrift stand dort, daß Alâeddin, der den Thron in seiner Jugend bestieg, »Sultan des Festlands und zweier Meere« war. Vielleicht ist er Sultan zweier Meere geworden, von denen das eine rauh, das andere mild ist, der beiden Meere, die unser Land damals wie heute im Norden wie im Süden begrenzen, aber er verzichtete nicht auf den Palast in Konya, nutzte die Gegend um Alanya als stillen Hafen, als Winterquartier in gemäßigten Breiten, in das er sich auf der Flucht vor dem strengen Klima der Steppe zurückzog, und verbrachte eine herrliche Zeit in dem Palast, den er auf dem von Festungsmauern eingefaßten Gelände auf dem Felsenhügel erbauen ließ, bevor er im Alter von fünfundvierzig Jahren von seinem Sohn vergiftet wurde.

Ja, haben Sie noch nie eine Reiterstatue gesehen? Alâeddin Keykubad war nicht der erste Reiter aus Bronze, den ich sah. Ich hatte auch Reiterstatuen von Zar Peter in Sankt Petersburg gesehen, der sein sich aufbäumendes Pferd zügelt und den alle Historiker aus unerfindlichen Gründen »den Großen«, wir aber »den Verrückten« nennen, ich hatte Don Quichotte in Madrid gesehen, der mit der Haltung eines heldenhaften Ritters den großen Herrn auf einem Araberhengst spielt, und, was weiß ich, auch ein Reiterstandbild Atatürks in Samsun, jedoch kam es mir hier zum ersten Mal so vor, als würden Roß und Reiter zu einer Einheit verschmelzen, so, als ob beide aus einem Guß wären. Vielleicht, weil man das Pferd bei den Seldschuken und auch bei den Türken im allgemeinen außerordentlich schätzt. Ich verstand besser, warum die Ureinwohner Lateinamerikas Roß und Reiter für ein und dasselbe Geschöpf hielten und in Panik gerieten, als sie die Spanier auf Pferden sahen. Vermutlich liebte auch Prinz Alâeddin, der von den Karamanoğulları abstammte, nicht nur eine schöne junge Frau mit Gazellenaugen, sondern ganz bestimmt ritt er auch leidenschaftlich gern und ging mit Begeisterung auf die Jagd, genau wie der seldschukische Sultan, dessen Namen er trug.

* * *

Die Gegend hier ist seit Urzeiten dicht bewaldet. An den Hängen des Taurusgebirges und auf den nach Thymian duftenden Hochebenen gab es Kiefern- und Buchenwälder, wahrscheinlich auch Zedern wie in den Bergen am gegenüberliegenden Ufer. Und die großbäuchigen Galeonen, die aufs offene Meer hinausfuhren, brachten Bauholz nach Lattakiya in Syrien, nach Famagusta auf Zypern und Alexandria in Ägypten, wurden dort mit Gewürzen beladen und kehrten zurück. Nachdem die Stadt von den Seldschuken erobert worden war, entwickelte sie sich weiter und dehnte sich nach und nach mit der Werft, der Geschützgießerei und der Münze über die Stadtmauern hinaus aus; mit der Burg, dem Palast innerhalb der Burg, den Brunnen und ihren zweistöckigen Holzhäusern auf steinernem Fundament, den großen und kleinen Moscheen, den Bädern, Quellen und Mausoleen wurde sie zu einem blühenden Zentrum der Region. Griechisch-orthodoxe Christen, Juden und Parsen, die mit den muslimischen Einwohnern Türkisch sprachen, lebten in Eintracht miteinander und verweigerten »den Sultanen über das Festland und zwei Meere« weder Dank noch Unterstützung. Nachdem das Reich der Seldschuken untergegangen war, beherrschte Karamanoğlu Alanya, und nach ihm waren die Osmanen Herren der Stadt.

Da war Alaiye Bey, der Herr über Alanya, nun Erbe von soviel Ordnung und Wohlstand, und sein einziger Sohn war Alâeddin. Als der Sohn jedoch mit seinen Leuten auf die Jagd ging, auf die Pirsch nach einem Reh, wußte der Vater nicht, daß er nicht zurückkehren würde. Das Reh war flink und hatte Gazellenaugen. Es floh, und Alâeddin verfolgte es. Sie zogen durch dichte, finstere Wälder, durch Flußbetten, kletterten über steile Felsen, ließen die Feen an den Quellen, die Riesen am Fuß der Berge zurück und drangen tief in den Wald ein. Mit seinen verführerischen Blicken lockte das Reh den Sohn des Herrschers in seine eigene Welt, nahm ihn mit sich, brachte ihn bis zu den Hängen des Taurus-Gebirges, und er verfolgte es bis Elmalı. Als sie dorthin kamen, wo heute das Dorf Tekke steht, waren beide erschöpft und außer Atem. Wie von Alâeddin in der Legende erzählt wird, die, lange nachdem er zu Gaybi geworden war, ja lange nach seinem Tod, aufgeschrieben wurde, »nahm er einen Pfeil aus seinem Köcher, nahm das Ziel ins Visier und zog den Pfeil auf die Sehne. Er spannte den Bogen, nahm die Gazelle ins Visier, schoß den Pfeil ab, der traf die Gazelle und fuhr ihr durch die Schulter. Das war ein harter Schlag. Die Gazelle sprang davon und floh. Gaybi Bey jagte ihr hinterdrein.«

Der Pfeil traf das Reh, tötete es jedoch nicht. Wieder begann das Jagen. Die Gazelle floh, und Alâeddin verfolgte seine Beute unermüdlich, ohne sich abschütteln zu lassen. Schließlich sprang das Wild durch das Tor des Derwischkonvents von Abdal Musa und verschwand. Der Jäger hielt einen Augenblick inne und überlegte, ob er von seiner Beute ablassen und umkehren sollte. Rasch schlug sein Herz. In diesem Herzschlag lag die Entschlossenheit eines verwegenen Fürstensohns und die Gier eines Erben, der zu allem fähig war. Mit dem Instinkt des Herrn, der er war und den er nicht verleugnen konnte, stürmte er in den Hof des Konvents und verlangte von den Derwischen Rechenschaft.

Hören wir einmal von dem namenlosen Derwisch, dem Verfasser des *Menakıbname-i Kaygusuz Abdal*, der Legende von Kaygusuz Abdal, was dabei herauskam:

Die Derwische sagten:
»So eine Gazelle ist nicht hierhergekommen, und wir haben sie nicht gesehen.« Der Sohn des Herrn sprach: »Können denn Derwische lügen? Warum streitet ihr das ab? Sah ich die Gazelle doch mit eigenen Augen, sah ich doch, daß sie kam und hier hereinsprang.« Sie waren baß erstaunt.
»Davon ist uns nichts bekannt, wir haben keine Ahnung«,

sagten die Derwische. Und der Sohn des Herrn verlor den Mut und war verstört.

Daraufhin fragt Abdal Musa, der von dem Gespräch hörte, was vorgefallen sei. Und er läßt Alâeddin rufen und bittet ihn, ihm von seinem Leid zu erzählen. Als er hört, was vorgefallen ist, sagt er: »Nun denn, würdest du den Pfeil erkennen, den du geschossen hast?« »Natürlich«, erwidert der Fürstensohn. Daraufhin zieht der Şeyh den Pfeil aus seiner Schulter, reicht ihn dem jungen Heißsporn und sagt: »Paß aber auf und schieß nie wieder auf ein Lebewesen!«

Die Geschichte vom Beginn der Freundschaft zwischen Abdal Musa und Alâeddin ist zweifellos eine der schönsten und bedeutsamsten Legenden der Bektaşi-Überlieferung. Allerdings ist nach dieser Geschichte, deren Einzelheiten wir aus der Legende erfahren, noch nicht alles im rechten Lot. Alâeddins Vater wagt es, mit den Derwischen zu kämpfen, um seinen Sohn zurückzugewinnen, der im Konvent bleiben und Musas Schüler werden will, und schickt Kılağılı İsa, einen der Helden von Teke Bey, zu Musa. Hier werde ich nicht ausführlich berichten, wie es Musa und den Derwischen erging, als sie im brennenden Feuer tanzten, wie sie Teke Bey und Kılağılı İsa töteten und schließlich eigenhändig den Sohn des Herrn von Alanya Abdal Musa übergaben. Ich erzähle nur, daß Abdal Musa persönlich Gaybi den Namen Kaygusuz – der Sorglose – gab, da er dem Konvent beigetreten war und »Rettung vor der inneren Unruhe« gefunden hatte.

Natürlich ist, was Kaygusuz geschah, nicht mit den Wundertaten von Abdal Musa zu Ende, der in Gestalt einer Gazelle durch den Wald wanderte; durch seinen Eintritt in den Orden verändert sich der Prinz. Kaygusuz wurde nun zu einem anderen Menschen, zu einem Eingeweihten im Dienst von Abdal Musa, fern von Lust und Gier, ein in sich ruhender Derwisch. Hatte er sich denn, wie Yunus Emre, ganz und gar von dieser

»verlogenen Welt«, dieser »siebenfach öden, siebenfach betrügerischen Welt« zurückgezogen und sich der Askese ergeben? Führte er in Elmalı ein Einsiedlerleben? Das glaube ich kaum. Aus der Legende erfahren wir, daß Kaygusuz, so wie auch andere Novizen, etwa wie Yunus, der sich auf Wanderschaft begab, um die Lieder von Taptuk zu verbreiten, nicht lange im Konvent blieb und seinen Şeyh um Erlaubnis bat, Abschied zu nehmen, und nachdem er »die Entlassungsurkunde« – noch bevor die Tinte auf dem Papier getrocknet war – zerschnitten, unter den Ayran gemischt und diesen Trank aus Joghurt, Wasser und einer Prise Salz in einem Zug heruntergestürzt hatte, um Abdal Musa jeden Moment, jede Sekunde näher zu sein und seinen Atem im eigenen Körper mit auf die Reise zu nehmen, flog er über das Mittelmeer – vielleicht wandelte er auch in Filzpantoffeln über die See wie Börklüce Mustafa, der Schüler von Bedreddin –, gelangte ins Land der Mamelucken, also nach Ägypten, und gründete dort seinen eigenen Konvent.

So wurde Kaygusuz ein Wanderderwisch. Er machte sich mit den vierzig Derwischen, die Abdal Musa ihm zum Geleit mitgab, noch vor dem Morgengebet auf den Weg, stieg von Elmalı aus in die Ebene hinab und setzte sich ans Ufer eines Flusses. Immer noch hallten die Chorgesänge in seinen Ohren wider, und der tumbe Tor begann sich jetzt bereits nach dem Ordensmeister zu sehnen. Vierzig Jahre hatten sie zusammen verbracht, miteinander gelacht und geweint. Was sie miteinander verband, war nicht nur Nähe, sondern etwas Unzertrennbares – wie die beiden Seiten einer Gazellenhaut, auf die man Koransuren geschrieben hat. Es war ihr gemeinsames Schicksal. Das könnten wir mit einem Dichter unserer Zeit auch eine »symbiotische Existenz« nennen. »Inmitten von Dornen sind sie Rosen doch gleich.«
Mitten in der Nacht waren sie wie der Morgen. Jahre zuvor, viele Jahre zuvor hatte Mevlâna erkannt, wie es um sie stand,

und es mit diesen Versen zur Sprache gebracht. Vielleicht steckten sie im Lehm, doch sie glichen dem Herzen. Ja, sie lebten in einer klaren, unendlichen Liebe wie das Herz. Musa hatte nicht umsonst das Gewand einer Gazelle angelegt und einen Ausflug im Wald gemacht, und Gaybi hatte ihn nicht verfolgt, um ihn für nichts und wieder nichts zu jagen. Wer auf die Jagd geht, muß mit Verfolgung rechnen. Schließlich hatte ein Heiliger aus dem Land Rûm den einzigen Sohn des übermächtigen Herrn von Alaiye gejagt, hatte ein Exempel statuiert – »Dein ist das Fleisch, und mein sind die Knochen« –, und wenn er ihn auch nicht zum Herrn über Heim und Familie gemacht hatte, so doch zum Herrn über die eigenen Triebe und Begierden, zu einem Sufi, der die irdische Welt aus abgeklärter Perspektive betrachtet.

Es war heiß. Allmählich breitete sich die feuchte, erstickende Hitze Antalyas aus, die einen nicht zu Atem kommen läßt und selbst den Derwischen zu schaffen macht, die daran gewöhnt sind, unter schwierigen Bedingungen zu leben, und den klimatischen Bedingungen, wie allem anderen auch, gelassen und mit Gottvertrauen begegnen.

Woher ich das alles weiß? Aus der Legende von Baba Kaygusuz, die zu Beginn des 16. Jahrhunderts niedergeschrieben wurde. Doch der unbekannte Verfasser dieses interessanten Werks, in dem Außergewöhnliches mit Realem vermengt wird, räumt den Details nicht viel Platz ein. Ja, um nicht zu weitschweifig zu werden, kann er sogar schreiben: »Dazu gibt es vieles zu berichten. Würde man alles erzählen, was ihm geschah, bis er nach Ägypten kam, wäre das sehr langatmig. Daher komme ich gleich zu dem, was ich sagen will.« Das heißt, bei diesem Stoff mußte ich mich vom Reiz der Landschaft, in der Kaygusuz gelebt hatte, verführen lassen, den »langatmigen« Teil seiner Geschichte mit meiner Phantasie ausstaffieren und die Lücken des anonymen Verfassers mit meinen Eindrücken von dieser Gegend ergänzen.

Ja, es war heiß, der Weg war lang, und das Ziel vielleicht unerreichbar fern. Kaygusuz wollte seine Weggefährten prüfen. Eine so lange, mühselige Reise wollte er mit vertrauenswürdigen Leuten machen. Wachsen dort am Fluß nicht auch Pappeln? Natürlich. Die Pappeln wuchsen, aber sie raschelten nicht im Wind. Ich sagte ja bereits, daß sich kein Blatt regte. Wenn du die Gans in dem berühmten Gedicht von Kaygusuz – »Kauft' eine Gans von einer Frau, ... vierzig Tage kocht' ich sie, sie wurde doch nicht gar!«[7] –, wenn du also die Gans am Strand in den Sand stecktest, würde sie schmoren, so sengend brannte die Sonne. Die Pappeln rührten sich nicht im Wind, reckten sich aber mit ihren langen, feinen Stämmen wie kokette junge Mädchen zum Himmel empor. Trotzdem gehören sie der Gattung an, die man unverwüstlich nennt. In ihrem Schatten war es kühl, das Wasser klar, und von den müden Gesichtern der Derwische perlte der Schweiß. Kaygusuz sagte: »Wo sind diese großen Platanen nur zu Ende! Sie sind ja unglaublich hoch!« und erwartete, daß die Derwische genauso erstaunt wären wie er. Er merkte nicht, daß er die Platanen mit Pappeln verwechselt hatte. Der Tag ging zur Neige, es war noch nicht Abend geworden. Er hatte vor, die Ergebenheit der Derwische zu prüfen, denn sie sollten sein Schicksal mit ihm teilen. Die Derwische widersprachen Kaygusuz wie aus einem Mund: »Das sind keine Platanen, sondern Pappeln.« Als ob sie noch nie eine Platane gesehen hätten, hineingekrochen wären und dort eine Zeitlang asketisch gelebt hätten! Was für ein Interesse konnte er nur an den wackligen Platanen mit dem dicken Stamm haben statt an diesen Bäumen von ebenmäßigem Wuchs? Ohne irgend etwas zu sagen, aber auch ohne den Derwischen zu erlauben, sich auch nur den Schweiß zu trocknen, befahl Kaygusuz, daß man in den Konvent von Abdal

7 Annemarie Schimmel: Aus dem goldenen Becher. Türkische Gedichte aus sieben Jahrhunderten. Köln 1993. S. 58.

Musa zurückkehre. Als sie dort ankamen, ging er zum Platz des Peymançe, erwies der Stätte des Ordensmeisters seine Ehrerbietung und bat um andere Weggefährten. Abdal Musa wußte ohnehin, was geschehen war, und diesmal gab es niemanden, der Kaygusuz widersprach, als er mit den neuen Derwischen zum selben Flußufer kam und sagte: »Was für schöne Platanen!« Ja, einer von ihnen kletterte sogar auf die Pappel, und als er den Baum schüttelte, fielen »purpurrote Äpfel« zu Boden, wie die Legende erzählt. Der Fluß trug die Äpfel mit sich fort, brachte sie zu Abdal Musa, und so erreichte den Şeyh die freudige Kunde von seinem Schüler. Hier werde ich nicht erzählen, wie der dem Mittelmeer zustrebende Fluß die Richtung wechselte, sich zum Taurusgebirge wandte, nach Elmalı, der Apfelstadt – wie schon der Name sagt –, floß und wie er die Äpfel vor das Tor des Konvents brachte. Sagte nicht auch Yunus, daß er auf den Ast eines Pflaumenbaums kletterte und Trauben aß? Eigentlich sind es nicht die einander gleichenden Wundertaten der Heiligen von Rûm, die man besonders hervorheben sollte, sondern es ist die Ähnlichkeit in den poetischen Metaphern. Natürlich muß man den Ursprung dieser Ähnlichkeit auch mit der Tradition der Satire in der islamischen Mystik in Verbindung bringen und erklären. Doch bevor ich auf die Gedichte von Kaygusuz eingehe, will ich berichten, was Kaygusuz in Ägypten geschah, soweit ich es aus der Legende erfahren habe. Vor allem gibt es da ein Motiv des »langstieligen Löffels«, von dem man unbedingt erzählen muß.

Kaygusuz und die vierzig Derwische kamen in Ägypten an und wurden zu einem Gastmahl im Palast geladen, nachdem sie ein Auge mit Watte bedeckt hatten, um den Herrscher des Landes, der auf einem Auge blind war, nicht zu kränken, das heißt, um die Welt so zu betrachten, wie er sie sah. Wie die Kraniche reihten sie sich im Innenhof auf und nahmen ihre Plätze dann an einer langen Tafel so ein, daß sie einander gegenübersaßen.

Auf goldenem Geschirr wurde wie Gold glänzender, köstlicher weißer, rötlich- und safrangelber gedünsteter Reis in vielen Varianten aufgetischt. Bevor Kaygusuz dem Ulema zeigte, wie man Reis mit einem langstieligen Löffel zu essen habe, dem erhabenen Gelehrten, der das nicht fertigbrachte und den Löffel zu den Ohren anstatt zum Mund führte, sprach er den folgenden Vers aus dem Stegreif:

> »Ach, freue dich, der Ruf erschallt: Serviert ist mein
>   herrlicher Reis,
> der reine, fette, schwarz getupfte, mein köstlich duftender
>   Reis.«

Dann steckte er den Löffel in den gedünsteten Reis, hielt ihn einem Derwisch wie »mit meinem Honig gefüllt« hin, das heißt, wie man jemandem ein Glas Wein reicht, und der Derwisch wiederholte die Geste und schob Kaygusuz seinen Löffel in den Mund. Eine kluge Lösung; Kaygusuz und seine Gefährten demonstrierten dem Gelehrten, wie man Reis mit einem langstieligen Löffel ißt; auf diese Weise bewiesen sie, daß sie klüger und geschickter waren als der übermächtige ägyptische Theologe, stellten ihn jedoch nicht bloß. Und so entkamen sie der Verhaftung.
Ein anderes interessantes Motiv ist die Phantasiestadt, auf die sie stießen, als sie nach Mekka pilgerten. Wie die unsichtbaren Städte Italo Calvinos handelt es sich dabei um einen Ort, der nicht existiert, jedoch etliche Merkmale einer realen Stadt aufweist. Sobald es dunkel wird, bei Sonnenuntergang, taucht die Stadt in der Ferne auf. Die Derwische kommen in der Stadt an, quartieren sich in der Herberge ein und kaufen auf dem Markt ein. Als sie am Morgen aufwachen, sehen sie, daß die Stadt verschwunden ist. Und als es am nächsten Tag dunkel wird, taucht dieselbe Stadt wieder auf, nimmt Kaygusuz und seine Derwische bei sich auf, und als sie am nächsten Morgen

aufwachen, ist sie nicht mehr da. »Auf diese Weise wanderten sie genau vierzig Tage und kamen nach Mekka«, heißt es in der Legende.

Hatte Kaygusuz sich wirklich von allem Weltlichen abgewandt, nachdem er sich Abdal Musa angeschlossen hatte? War er ein Derwisch geworden, der sich in Träume versenkte, sich Halluzinationen hingab und sich mutterseelenallein in einer Wüste wiederfand, als er erwachte, wie das *Kitab-ı Maǧlata* schreibt? Vielleicht. Wenn man jedoch seine Poesie betrachtet, sehen wir, daß dies nicht ganz stimmt. Obwohl er sich über die Frauen beschwerte, erfahren wir, daß er sich mit ihnen vergnügte, in Edirne sogar eine »bildhübsche«, aber »mangelhafte Frau« heiratete, Prügel von ihr bezog und aus dem Haus gejagt wurde. Gleichzeitig hat er auch keine Scheu, Worte auszusprechen, mit denen er Frauen diskriminierte und verspottete. Zum Beispiel beklagt er sich:

> »Das miese Weib hat mich gereizt
> und sitzt da, die Knie gespreizt,
> weiß gar nicht, was zu tun,
> stößt das Salz um, läßt die Arbeit ruhn.

> Auf den Achat am Hals ist sie erpicht,
> findet Thymian für die Suppe nicht,
> der Riß im Kleid zeigt ihre Haut,
> spreizt die Knie, was nicht erbaut.

> Am Fuß den Schuh aus Leder fein,
> am Arm das echte Silber, rein,
> zum Wechseln liegt das Kleid bereit,
> sitzt da und blickt ins Land so weit.

> Liegt faul herum, dick wird ihr Bauch,
> bepinkelt ihren Mann dann auch,

die Läuse legen Flügel an und fliegen,
die läßt sie dann im Essig liegen.

Kaygusuz spricht: Geprügelt wird nicht mehr,
brächtest du sie zum Markt, gäbe sie nichts her,
zieht sie sich aus, ruht sie dir nie im Schoß,
faul wie ein Büffel, mehr ist nicht los.«

Dieses berühmte Gedicht, das ich nicht vollständig zitieren
kann, spiegelt mit seiner »Macho-Haltung«, mit groben, spöt-
tischen Worten, die aus der Volkssprache stammen, den Blick
des Dichters auf die Frauen wider. Bedenkt man seine Haltung
des verwegenen Draufgängers, die weder zu einem Derwisch
noch zu einem ehemaligen »Fürstensohn« paßt, so kommen
etliche Zweifel auf. Kann der Verfasser dieser Verse zur gleichen
Zeit der Autor von Gedichten sein, welche die zartesten Seiten
des Sufismus zur Sprache bringen? Besteht hier nicht die Gefahr,
daß er sich – mit seinen heute noch verblüffenden Gedichten –
vom Wort Gottes löst? Oder gab es, wie manche Fachleute
behaupten, einen anderen Kaygusuz Abdal, der in Rumelien
lebte, dort umherwanderte und auch sich selbst verspottete:

»Krumm und Schiefes rede ich,
grüne Pflaume jedes Wort;
wie ein Storch durchwandle ich
fremd die Weite, Stund um Stund.«[8]

Falls es Kaygusuz zweimal gab, müßte es auch dieser zweite
sein, der Gott herausforderte und sich über die Frommen
lustig machte. Zum Beispiel ist abzuwägen, ob Kaygusuz, jener
Nachfolger von Abdal Musa, oder der andere Kaygusuz die
folgenden Verse schrieb:

8 A. Schimmel, a.a.O., S. 63.

»Ich sah dich über alles hoch –
Du bist der Rechte, großer Gott:
Mit schönen Worten spricht die Welt –
Du sprichst mit schönen Silben, Gott![9]

Hält man dich doch für einen Mann,
doch sag nur an:
Wessen Sohn – und wer bist du?
Keine Mutter hast du, keinen Vater,
dem Bastard gleichst du, Gott!«

Wenn wir uns wieder der Legende zuwenden, zeigen uns Kaygusuz' Erlebnisse in Ägypten wie auch im Nordwesten der
arabischen Halbinsel und die Wunder, die er bei seiner Rückkehr tat, sowie die Lieder und Gedichte, die er auf der langen
Reise in jeder Herberge sang, wie begeistert, wie enthusia-
stisch, ja, wie lustvoll er auf die Welt zuging, nachdem er sich
vierzig Jahre lang im Konvent von Abdal Musa kasteit hatte.
Wir lernen einen Hedonisten kennen, der die Natur, die Lust
und Tafelfreuden liebt. Und dennoch kann ein solcher Hedo-
nist schließlich das *Gevhernâme* schreiben, ein episches Gedicht, das Mohammed und den Islam preist, die Liebe zum
Propheten und seine innige Verbundenheit mit ihm an dessen
Grab zur Sprache bringt, oder auch das *Kitab-ı Mağlata*, das
metaphorisch von den Träumen eines Derwischs auf seinen
Wanderungen erzählt. Es scheint also etwas schwierig zu sein,
Kaygusuz' Geheimnis auf den Grund zu kommen. Da wir
nicht wissen, welche Gedichte er in welcher Epoche schrieb
und ob wir ihm alle Texte, die unter seinem Namen erschienen
sind, zuschreiben können – ähnlich wie bei Yunus Emre –, fällt
es uns schwer, Kaygusuz zu verstehen und zu analysieren.
Wenn man sich mit dem *Menâkıbname* und den Gedichten

---

9 A. Schimmel, a.a.O., S. 61.

befaßt, erfährt man, daß Kaygusuz nicht nur nach Ägypten, Arabien, in den Irak und nach Syrien, sondern auch nach Rumelien ging und sich auch eine Weile in Filibe, das heißt dem heutigen Plovdiv in Bulgarien, in Monastir und Edirne aufhielt.

Leider gibt uns das *Menâkıbname*, das uns diese Kenntnisse überliefert und das legendäre Leben von Kaygusuz schildert, nicht genügend Aufschluß über seine Gedichte. Es ist jedoch eine unbestreitbare Tatsache, daß er eine der wichtigsten Persönlichkeiten unserer mystischen Literatur ist, daß er seine Epoche nicht nur mit seinen Gedichten, sondern auch mit seinen Prosaschriften geprägt hat und im Sufismus – nach Yunus Emre – bahnbrechend gewirkt hat. Daher sollten wir hier ein wenig innehalten und die Dichtkunst von Kaygusuz genauer betrachten. Auf einer Reise nach Antalya wagte ich mich an diese Aufgabe und versuchte bei einem Symposium nachzuweisen, daß Kaygusuz Abdal kein »surrealistischer« Dichter ist, wie man vermutet, sondern der größte Meister der Satire in der Tradition der anatolischen Sufi-Literatur. Jetzt stelle ich mir in Alanya, in der Landschaft, in der er auf die Jagd ging und sein Leben genoß, als er noch kein Derwisch, noch kein Dichter war, Fragen, die mit seinem tatsächlichen Lebensstil zusammenhängen. War er zum Beispiel ein opiumsüchtiger Derwisch? Wie schrieb er die Gedichte, die die Grenzen der Wirklichkeit sprengten, die Tore zum Außergewöhnlichen öffneten, wie schrieb er diese für ihn charakteristischen Gedichte, eines seltsamer und schöner als das andere? Hatte er sich wirklich verändert, nachdem er in den Konvent eingetreten war, wie im *Menâkıbname* erzählt wird, oder fuhr er fort, die Welt wie früher zu sehen und – laut dem Dichter Nedim – »das Leben zu genießen«? Hätte er seine Gedichte schreiben können, die von den Glücksgütern der Welt, unersättlichem Genuß und der Freude am Leben sprachen, die Rauschmittel und rauschhafte Gefühle priesen, wenn es nicht so gewesen wäre? Ich werde nun versuchen, in den poetischen Kosmos von Kaygusuz Abdal einzudringen, um Antworten auf diese und ähnliche Fragen zu finden – und angesichts der Burg von Alanya kommt es mir dabei so vor, als tauchte man in ein weinfarbenes Meer ein, das einen in den Abgrund zieht.

* * *

Wir wissen, daß die Satire eine wichtige Rolle in der Poesie von Kaygusuz Abdal spielt. Jedoch, während diese Gedichte als meisterhaft, als poetische Zeugnisse, die, in der Literatur unseres Landes ohnegleichen, die Regeln von Natur und Vernunft auf den Kopf stellen, charakterisiert werden, behauptet man schlichtweg, Kaygusuz Abdal sei ein surrealistischer Dichter. Zum Beispiel schreibt Abdülbâki Gölpınarlı zu diesem Thema:

»In vielen Gedichten fällt die Sehnsucht nach unbefriedigten Wünschen auf, da kommen unbewußte Gefühle zur Sprache, und die Sehnsucht nach einem sinnvollen Leben, nach Glück; manches Mal gerinnt eine derartige Sehnsucht zur Satire und daraus wird ein surrealistisches Gedicht (...) Kaygusuz Abdal ist ein ganz und gar originärer Dichter.«

Auch İsmet Zeki Eyüboğlu, der Kaygusuz als »einen Sänger« beschreibt, »der das Gedicht vom Druck der Sinnhaftigkeit befreit«, meint:

»In seinen Gedichten mit dem originellen Inhalt sind rationale Elemente ausgehebelt, entziehen sich der Kontrolle des Bewußtseins und beginnen, im luftleeren Raum zu schweben. Darin ist Kaygusuz Abdal ein ›surrealistischer‹ Dichter, wenn man es in der Sprache unserer Zeit ausdrückt. In diesen Gedichten strömen durch das Bewußtsein unterdrückte Emotionen und Impressionen wie Wasser, das durch die Löcher eines

Siebs fließt, nach draußen, klären über die Psyche und das Unbewußte des Dichters auf und bringen diese Dinge zur Sprache, selbst dann, wenn sie sie nicht aufklären.«

Bleiben wir vorerst bei dem Begriff »şathiye«, das heißt bei der Satire. Dieses Wort, das im Arabischen auch Bedeutungen wie Verspotten, Diffamieren und Beleidigen hat, doch eigentlich von »şath« abgeleitet ist, »einer Silbe, die das Ich erklärt«, wird in der Literatur der Mystik verwendet, um Gedichte zu beschreiben, die solche Merkmale zum Inhalt haben. Dazu gehören für uns zum Beispiel auch Elemente wie Aufrührerisches, Ironisches, Unterhaltsames, Epigrammatisches, ja sogar Sinnloses. Die Worte jedoch, die jemand im Moment einer seelischen Krise oder bei Bewußtseinsverlust ausspricht, müssen nicht unbedingt, wie Atilla Özkırımlı in der *Enzyklopädie der türkischen Literatur* sagt, zu »surrealistischen Bildern« führen.

»Ich kletterte auf einen Pflaumenbaum,
aß Trauben dort, man glaubt es kaum,
da schalt der Herr des Gartens mich:
›Sag, vergreifst an meinen Nüssen dich?‹«

– von der berühmten Satire Yunus Emres, die mit diesen Versen beginnt, bis heute lassen sich viele satirische Gedichte finden, die untrennbar mit der alevitisch-bektaşitischen Literatur verbunden sind. Aber die scharfzüngigsten Beispiele dieses Stils wurden zweifellos von Kaygusuz Abdal beigetragen. Manche Literaturhistoriker behaupten, die opiumsüchtigen Derwische hätten solche Gedichte unter Drogeneinfluß geschrieben, wie das Beispiel Kaygusuz' zeige, und die Verbindung zwischen der Einnahme von Rauschmitteln und der poetischen Schöpfung, die der französische Dichter Baudelaire in seinem Werk *Künstliche Paradiese* eingehend untersucht habe, sei schon sehr viel früher von den Sufi-Dichtern im Orient dargestellt worden. Wir wissen, daß sich die Heiligen von Rûm, von den Kalenderderwischen an, Kokosnußschalen, die man »Haschisch-Schalen« nannte, umbanden, sie mit Rauschgift füllten, durch die Lande zogen und versuchten, sowohl Aufsehen zu erregen als auch sich »zu erniedrigen«, um mit Gölpınarlı zu sprechen. Aber man sollte viele Phantastereien, welche die Derwische, Hymnen rezitierend, von Dorf zu Dorf wandernd, unter der Wirkung von Opium vor sich hin sangen, nicht mit den Gedichten von Kaygusuz und ihrem tiefen mystischen Sinn verwechseln. Auch Kemal Tahir achtet in *Devlet Ana – Mutter Staat* äußerst sorgfältig darauf, eine Trennungslinie zwischen dem »wandernden Sänger Yunus« und den opiumsüchtigen Derwischen zu ziehen. Von Yunus Emre wird diesen »Ihr Glatzköpfe!« zugerufen, als er Şeyh Edebali besucht. Er sagt von ihnen, die in Scharen auftreten, sie seien trunken von Opium und Wein und würden »sich über ihre Beute hermachen«. Daß die Bektaşiten das Rauschgift »kaygusuz – sorglos« nennen, ändert natürlich nichts daran. Die Wirkung des Rauschgifts auf die Sinne kann vielleicht das Wahrnehmungssystem des Individuums durcheinanderbringen und auch dazu führen, daß man Halluzinationen, ja sogar Visionen hat. Doch weder in der westlichen noch in der orientalischen Literatur ist es jemals vorgekommen, daß Rauschgift einen talentlosen Schreiberling zum genialen Dichter gemacht hätte. Die Versuche von Baudelaire und Rimbaud auf diesem Gebiet sind Experimente, die sie unternommen haben, um das schöpferische Genie zu stimulieren und die Phantasie anzuregen. In unserem Jahrhundert gilt dasselbe für die Abhängigkeit von Ginsberg, Ferlinghetti und anderen amerikanischen Dichtern, die man die *Beat-Generation* nennt. Selbst wenn demnach in manchen Satiren von Kaygusuz die Wirkung von Rauschgift zu erkennen ist, glaube ich, daß wir das Irrationale in diesen originären Gedichten nicht allein auf die »Zerstörung des Bewußtseins« reduzieren können, um mit Rimbaud zu sprechen. In manchen Gedichten bringt Kaygusuz seine Sehnsucht nach Rauschgift offen zur Sprache:

> »Ach, hätten wir einen Garten, um uns mit dem Kraut zu
> versorgen,
> und wäre es nicht zu kalt, hätten wir Luft und Liebe!«

Ja, in Versen wie »Wenn es einen überkommt, braucht man das Haschischkraut«, pocht er sogar auf die Notwendigkeit von Haschisch und wagt es, das Kraut zu preisen:

> »Komm nur, du fauler Kaygusuz,
> hol dir vom Haschisch Rat,
> das ist das Kraut der Sänger,
> schmeckt nicht jedermann.«

Die Quelle dieser Satiren in einer engeren Beziehung des Dichters zum Rauschgift zu suchen ist jedoch despektierlich, ja zwanghaft. Eigentlich gehört es in den Bereich der Legende, daß die »surrealistischen Bilder« dadurch geschaffen worden seien, daß er Drogen nahm. Es ist auch nicht schwer, zu beweisen, daß Kaygusuz kein »surrealistischer« Dichter war und die Gedichte, die man für surreal hält, ursprünglich aus den *Teker-leme* der traditionellen Volksliteratur hervorgegangen sind.

Das Attribut »surrealistisch« hat Guillaume Apollinaire 1917 zum ersten Mal angewandt, um sein Stück *Die Brüste des Teiresias* zu beschreiben. Im Grunde genommen begann der Surrealismus sich etwa ab 1922 zu entwickeln und sich in originären Werken zu manifestieren, nachdem er den Dadaismus – mit einem Ausdruck von André Breton – überwunden hatte. Während der Dadaismus zum einen traditionelle Werturteile auf den Kopf stellte, versuchte er zum anderen das Unbewußte sowie zufällig Schönes zu betonen und phantasievoll Beziehungen zwischen Objekten und Ereignissen herzustellen, die nur emotional und irrational zu begreifen sind. Indem man von Lautréamonts Sentenz »Poesie sollte nicht von einer Person, sondern von jedermann geschrieben werden« ausging, wollte man – und darauf beharrte vor allem Breton – das Dichten sozialisieren und in eine Spielart der Existenzform verwandeln, man wollte surrealistisches Verhalten dem revolutionären entgegensetzen. Und im Nu standen nicht nur die Dichter, sondern eine ganze Generation von Intellektuellen im Bann dieser Bewegung. Die Surrealisten, die bis zu den 1930er Jahren eine Gruppe gebildet hatten, lösten sich jedoch auf, als Aragon und andere sich unterschiedlichen Auffassungen zuwandten. Als »überzeugter« Surrealist bis an sein Lebensende blieb nur Breton übrig.

Wenn wir die Satiren von Kaygusuz Abdal im Licht dieser Kenntnisse untersuchen und uns das »automatische Schreiben« vor Augen halten, das heißt den unkontrollierten Ausdruck des Unbewußten, oder wenn wir an die Verbindung vom »Schirm mit der Nähmaschine« in einem Gedicht von Lautréamont denken, erkennen wir, daß es keine Beziehung zu der ästhetischen Auffassung Bretons gibt, der die Theorie vom »surrealistischen Bild« aufstellt. Im ersten Manifest des Surrealismus schreibt Breton, indem er den kubistischen Maler Pierre Reverdy zitiert:

»Das Bild ist eine reine Schöpfung des Geistes. Es kann nicht aus einem Vergleich entstehen, vielmehr aus der Annäherung von zwei mehr oder weniger voneinander entfernten Wirklichkeiten. Je entfernter und je genauer die einander angenäherten Wirklichkeiten sind, um so stärker ist das Bild – um so mehr emotionale Wirkung und poetische Realität besitzt es.«[10]

10 André Breton: Die Manifeste des Surrealismus. Deutsch von Ruth Henry. Reinbek bei Hamburg 1986, S. 22f.

Ich glaube nicht, daß es einen Zusammenhang zwischen den Widersprüchen in einem weiteren berühmten satirischen Gedicht von Kaygusuz Abdal, das mit dem Vers »Schild-Schild-Kröten legten Flügel an, um durch die Luft zu fliegen« beginnt, wobei die Ordnung der Natur auf den Kopf gestellt und den Tieren menschliche Eigenschaften zugeschrieben werden, und der Annäherung zweier einander ferner Realitäten gibt. Lesen wir zuerst einmal das Gedicht:

»Schild-Schild-Kröten legten Flügel an, um durch die Luft
    zu fliegen,
die Eidechs rafft sich auf, hat vor, zur Krim zu wandern,
Pfeil und Bogen nahm der Schmetterling, um auf Jagd zu
    gehen,
die Schweine schüchtern Bären ein, so daß die Bären
    fliehen.

Die Brücke über den Ergene-Fluß kam um vor Durst,
das Minarett von Edirne neigte sich, wollte Wasser trinken,
an den Seidenspinner legte ich die Axt, kann keinen Talg
    gewinnen,
über die Wiese spaziert der Sack, will im Wettlauf fliehen.

Dreitausend Fische überwinterten auf Gottes Berg,
wollen verdurstet, blutbesudelt wandern,
der Storch gebar ein Eselsfüllen, spielt Oboe im Tal,
die Pappel erklettert der Fisch, will am Weidenzweig sägen.

Weizen säte der Schmetterling in der Ebene von Manisa,
die Schnake hat sich aufgerafft, um das Feld zu mähen,
eine Fliege riß entzwei die Herde von Kamelen,
die Schaukel raste los, eine Geliebte zu bespringen.

Vierzig Tonnen Salz lud eine lahme Ameise sich auf,
mal trabt, mal torkelt sie zur Stadt, will das Salz verkaufen,
Hochzeit hielt das Schwein, gab die Tochter dem Bären zur
  Frau,
zu verstört war der Affe, um sich ein Gewand zu schneidern.

Ins Hamam ging das Kamel, Vermittler spielte das Kalb,
Badewärter war der Büffel, rief nach der Wache, um zu
  gehen.
Die Worte von Kaygusuz sind die Nüsse Indiens,
meinst du, das alles sei erlogen, dann komm herbei, um zu
  fliegen.«

Diese Verse interpretiert İsmet Zeki Eyüboğlu folgendermaßen:

»In diesem ziemlich langen Gedicht handelt es sich um ein Nebeneinander von Gegensätzen und darum, wie sich ein Gesamtbild aus den Widersprüchen entwickelt, das von Interesse ist. Die Fliege hat die Kamelherde entzweigerissen, der Fisch ist auf die Pappel geklettert, der Bär hat die Schweinetochter geheiratet, die Schildkröten haben Flügel bekommen und sich in die Luft geschwungen, der Sack hat sich zu einem Spaziergang über die Wiese aufgemacht, der Storch ein Eselsfüllen zur Welt gebracht, der Schmetterling hat den Bogen gespannt und den Pfeil abgeschossen, und die Schnake ist daran gegangen, den Weizen zu mähen ... das ist eine Gemeinschaft von Geschöpfen, die nichts miteinander zu tun haben.«

Doch die außergewöhnliche Welt, die in diesem Gedicht beschrieben wird, rührt nicht von einer surrealistischen Auffassung her. Diese Art von Kontrasten und unwahrscheinlichen Phantasiebildern findet sich auch auf den Gemälden von Hieronymus Bosch sowie in mittelalterlichen Märchen und Lügengeschichten, unseren *Tekerleme*.[11] Ich bin davon überzeugt, daß man die Ursprünge dieses Gedichts in der mündlichen Überlieferung unserer Volksliteratur, in Bildern, die »dem Fisch, der auf die Pappel klettert«, ähnlich sind, und vor allem auch in unseren Legenden suchen muß. Der erste, der darauf aufmerksam machte, war Pertev Naili Boratav. In dem Werk *Le Tekerleme*, das Boratav in französischer Sprache verfaßte, weist er anhand von Beispielen die Ähnlichkeit zwischen den Tekerleme und dem nicht etwa »surrealistischen«, jedoch »irrationalen« Stil des Sendschreibens von Barak Baba nach, der hundert Jahre vor Kaygusuz lebte. Er legt dar, daß diese Elemente eine Beziehung zum Schamanismus haben könnten, meint jedoch im Vorwort zu seinem Werk *»Zaman Zaman Içinde – Es war zu einer Zeit, zu einer Zeit...«*:[12]

»Der Stil erinnert an einigen Stellen des Sendschreibens, das Barak Baba, einem der großen Derwische Anatoliens im 13. Jahrhundert, zugeschrieben wird, an so manche Bilder der *Tekerleme* ... In diesen Worten von Barak Baba, die Traumphantasien vergleichbar sind, gehen Ernst und Scherz so ineinander über, daß die Grenzen nicht zu unterscheiden sind. Diese ersten Pflanzen der Jahrhunderte, in denen in Anatolien in Türkisch niedergeschriebene Lyrik und Prosa zu blühen begannen, schlugen in der Erde Wurzeln, die auch unsere Märchen und *Tekerleme* wachsen ließen. Derwischdichter wie Barak Baba, Yunus und Kaygusuz versuchen, metaphysische

---

11 Pertev Naili Boratav (Hg.): Türkische Volksmärchen. Übersetzt von Doris Schultz und György Hazai. München 1990. Nachwort von Pertev Naili Boratav, S. 300: »Es gibt eine Anzahl von wortspielartigen Erzählelementen, die wir Tekerleme nennen. Sie sind in den türkischen Märchen sehr beliebt und gehören zu den hauptsächlichen Merkmalen des Erzählstils und der Erzähltechnik der Märchenerzähler. Einige entsprechen den Eingangsformeln oder Vormärchen, andere den Lügen bzw. den Kettenmärchen.«
12 Pertev Naili Boratav: Zaman Zaman Içinde – Es war zu einer Zeit, zu einer Zeit... Tekerlemeler – Masallar. Istanbul 1958.

Fragen im Stil der *Tekerleme* zu lösen, die sie von ihren Müttern und Großmüttern gehört haben.

›Der Befehl Gottes legte mich wie einen Klumpen Lehm auf das Rad des Lebens und ließ mich wie auf einer Töpferscheibe kreisen. Mal formte er mich zu einem Klumpen, mal zerstörte er mich. . . . Mal schuf er den Menschen, mal das Tier. Mal war ich Schüler und lernte, mal war ich Meister und lehrte. Mal machte er mich dem Vater zum Sohn, mal mir den Vater zum Sohn. Mal machte er mich zum Kind und ließ mich von den Müttern nähren, mal machte er mir die Mutter zum Kind. Kurzum, ich will es euch nicht zu schwer machen: Viel tausend Mal kam ich aus den Lenden des Vaters in den Mutterschoß und kam aus dem Schoß der Mutter zur Welt.‹ In diesen Worten von Kaygusuz erkennen wir stellenweise sogar manche Bilder unserer *Tekerleme*. Wenn Kaygusuz sagt: ›Mal machte er mich dem Vater zum Sohn, mal mir den Vater zum Sohn‹, hat er damit nicht gleichsam in anderer Form gesagt: ›Als ich die Wiege meines Vaters schaukelte‹? Wenn er sagt: ›Große, vor Fett triefende Sesamkringel in der Ebene von Dobruca . . . Auch wenn die Welt voller Halva-Köstlichkeiten wäre . . . Auch wenn alle Welt ein fettes Hammelragout briete‹, gibt er freimütig seine endlosen Träume und Phantasien kund, die von der Sehnsucht nach unvorstellbarem Glück herrühren. Das alles entspricht den Schilderungen von gigantischen Eß- und Trinkgelagen in unseren *Tekerleme*.«

Ich hoffe, daß das Thema durch diese Zitate ein wenig deutlicher geworden ist. Ich hatte die Absicht, auf die Übereinstimmung von *Tekerleme* und »Lügenmärchen« mit den Satiren in der Sufi-Poesie aufmerksam zu machen, auf die Boratav schon vor fast vierzig Jahren hingewiesen hat. Man sieht, daß die verdienstvollen Forscher, die die Gedichte von Kaygusuz Abdal untersucht haben, diesem Weg nicht gefolgt sind. Beschreibt man jedoch Kaygusuz' Satiren als »surrealistisch«, hindert uns dies gewissermaßen daran, ihre Beziehung zur traditionellen Volksliteratur zu erkennen. Wir könnten sagen, daß Kaygusuz mit den Gedichten, die er im Stil der Satire schrieb, kein surrealistischer Dichter ist, sondern allenfalls ein Meister des *Tekerleme*, der uns die Tore zum Außergewöhnlichen öffnet.

* * *

Wo waren wir stehengeblieben? Bei meinem Blick auf das Bild an der Wand im Konvent von Abdal Musa. War es nur mein Blick? Auch meine Gedanken an die Rückkehr nach Elmalı waren dort. Ich dachte dauernd an ihn und war neugierig, womit sich der Dichter vergleichen ließe, wie seine Persönlichkeit war, war gespannt auf sein Gesicht bis in die geringsten Details, dann auf seine Statur und seinen Körperbau. War er ein Gespenst, ein Geist oder ein Mensch wie Sie und ich? Man ist doch auch neugierig auf Haltung und Lebensführung eines Derwischs, auf seine Augen und die Brauen, solange er sie noch nicht geschoren hat, auf seine Lebensanschauung und seine Erscheinung sowie auf all das, was ihm zustieß. Die Armut, das langanhaltende Fasten, jeden Tag, jede Stunde, jede Minute, jede Sekunde an Gott denken, sich mit seinem Namen, seinem Bild und seinem Antlitz schlafen legen und aufstehen, nach und nach mit dem »Herrn« vertraut werden, das Ich mit der absoluten Existenz Gottes füllen, in ihm zunichte werden – vielleicht in ihm sein –, zu welchen Veränderungen führt das im Körper eines Menschen? Spiegelt sich das heilige Licht, das wir Verklärung nennen, wirklich im Gesicht eines Sufis und eines Şeyh wider? Leider werden wir das nie erfahren. Es gibt zwar auch in unseren Tagen Ordensmeister, aber von ihren Wundertaten erzählen sie selbst. Wer gläubig ist, hat die Aufgabe, die Menschen zu überzeugen, Zaubersprüche aufzuschreiben, zu beten, Gebete aufzusagen und zu flüstern. Ja, auch in unseren Tagen gibt es diesen Menschentyp, es sind die religiösen Kaufleute des sunnitischen Islams, die wir »Pilger und Prediger« nennen könnten. Doch da ist nichts mehr vom Reiz der Konvente von ehedem, die eine wichtige Rolle bei der Islamisierung Anatoliens und Rumeliens, des heutigen europäischen Teils der Türkei, sowie bei der Gründung des Osmanischen Reichs spielten. All das war auf eine bestimmte historische Epoche begrenzt, die Ankunft in Anatolien im Gewand einer Taube, die Wanderungen durch den Wald in Gestalt eines Hirsches, die Tatsache, daß die Derwische Berge wandern und Wasser aus der Erde sprudeln ließen – die Eingeweihten und Chorasan und alles, was ihnen geschah.

Ja, ich möchte wissen: Was für Menschen waren das und womit sind sie zu vergleichen? Erinnerte Ahmet Yesevi an einen schlitzäugigen Turkmenen mit weißem Bart oder einen dunkelhaarigen Iraner? Oder Hacı Bektaş, Taptuk Emre und ihre Anhänger Yunus Emre, Abdal Musa und Kaygusuz? Ja, an erster Stelle wollte ich etwas über Kaygusuz wissen, und ich träumte von ihm. Auch wenn er selbst nicht mehr da war, so jagte ich doch seinem Schatten hinterher, von dem ich glauben wollte, er sei in dieser Gegend geblieben. Wie er wegen einer Gazelle zu Abdal Musa ging, an seiner heiligen Stätte ankam und zur Wahrheit gelangte – und ich folgte der Spur seiner verlorenen Seele. Ich verließ Paris, kam in die Gegend hier und machte mich von der schönsten Küste Anatoliens aus auf den Weg nach Alanya. Es war Frühling und das Meer türkisfarben. Auch die Sonne hatte ihre eigene Farbe angenommen und sang ihr eigenes Lied. Selbst wenn über meinem Kopf kein »Turban aus Feuer« wie an Sommertagen stand, strahlte die Sonne an einem wolkenlosen blauen Himmel und zeigte aller Welt, daß sie der Wächter all der Kulturen ist, die sich in dieser Gegend entwickelt haben, und nicht die Absicht hat, mir nichts, dir nichts zu verschwinden. Kaygusuz' verlorene Seele jedoch und seine Gedichte leben jetzt in der Legende weiter. Daher möchte ich bei diesen Legenden verweilen, die aus den wichtigsten Quellen unserer Sufi-Literatur stammen, von denen ich reichlich profitiert habe, als ich diese Zeilen schrieb.

* * *

In seinem Werk *Menakıbnameler – Die Legenden* beschreibt Ahmet Yaşar Ocak die Gattung der Legende, die er wissenschaftlich untersucht hat, als Beispiel für einen bestimmten Erzählstil:

»Im allgemeinen gibt man den Werken, welche die Legenden eines Heiligen als Ordensangehörigen enthalten, den Namen Legende oder Legendenbuch. Das eigentliche Ziel bei der Niederschrift dieser Werke besteht sicherlich darin, die Ausbildung der Schüler des Heiligen und damit auch die Gesamtheit des Ordens darzustellen. Aber an zweiter Stelle steht, daß man Propaganda für den Orden und den Heiligen macht. Doch man sollte nicht vergessen, daß die Aufgabe hinzukommt, sich beim Verfassen der Legenden selbst herauszustreichen.«

Über den Verfasser der Legenden schreibt Ahmet Yaşar Ocak:

»Der Verfasser der Legenden läßt selten seine eigene Phantasie spielen. Vielmehr ist er jemand, der die Legenden, eigentlich ein Produkt des Volkes, niederschreibt und dabei ordnet und gliedert. Diese Person ist oft von dem Orden des Heiligen, der die Legenden niederschreiben läßt, ausgebildet worden und kann manchmal ein glänzender Stilist oder auch ein einfacher Novize sein – oder auch ein Gelehrter mit einer umfassenden Bildung. Ja, es ist auch vorgekommen, daß ein Schreiber außerhalb des Ordens das entsprechende Legendenbuch verfaßte.«

Wir wissen, daß manche Legendenbücher zu Beginn der seldschukischen Epoche in Anatolien und dann im 14., 15. und 16. Jahrhundert, parallel zur Ausbreitung der Orden in dieser Gegend, verfaßt wurden und dadurch, daß sie in den Bibliotheken der Konvente, ja sogar der Paläste aufbewahrt wurden, bis in unsere Zeit hinein erhalten geblieben sind, daß unsere seriösen Historiker sie aber dennoch nicht akzeptierten, weil sie »voller Aberglauben« waren, weshalb man sie auch in unserer Geschichtsschreibung nicht genügend berücksichtigt hat. Es ist jedoch eindeutig so, daß die Legendenbücher nicht nur für unsere Sufi-Literatur, sondern auch für die anatolische Geschichte eine wichtige Quelle darstellen – wenn man sie aufmerksam und kritisch studiert. Daher erinnere ich hier an einige Legendenbücher der Bektaşiten, auch wenn es nur eine Aufzählung von Namen ist, indem ich mich an die Klassifizierung von Ocak halte, eines Fachmanns auf diesem Gebiet:

Vilayetname-i Hacım Sultan, Menakıb-ı Hacı Bektaş-ı Veli, Vilayetname-i Abdal Musa, Vilayetname-i Seyyid Ali Sultan, Vilayetname-i Sultan Sucâuddin, Vilayetname-i Otman Baba.

Man sollte noch das *Menakıbname-i Şeyh Bedreddin* hinzufügen, das Ende des 15. Jahrhunderts von Hafız Halil bin İsmail, dem Enkel von Şeyh Bedreddin, geschrieben wurde und erzählt, was seinem Großvater geschah, dann das *Saltıkname*, das auf Befehl von Cem Sultan in Rumelien zusammengestellt und von Ebu'l Hayr verfaßt wurde, und natürlich das *Menakıb-ı Kaygusuz Baba*, das in der Epoche von Sultan Selim I., dem Gestrengen, geschrieben wurde und berichtet, was Kaygusuz geschah. Über Elmalı las ich in dem Buch, das Abdurrahman Güzel[13] herausgegeben hat; davon habe ich profitiert, habe auch ein wenig Neugier, Interesse und meine Phantasie

---

13 Abdurrahman Güzel studierte in den späten 1960er und frühen 1970er Jahren in Wien. Seine Habilitationsschrift aus dem Jahr 1981 (Ankara) befaßt sich mit Kaygusuz Abdal; er hat zahlreiche Werke zu diesem Thema veröffentlicht.

mitspielen lassen und versucht, Ihnen das Leben von Kaygusuz Abdal, aber auch das Märchenhafte seines Lebens vor Augen zu führen. Nun kehre ich wieder nach Alanya zurück, vor allem deshalb, weil ich mir Kaygusuz nicht ohne diese Stadt vorstellen kann.

* * *

Wenn ich den Sandstrand, der sich zu beiden Seiten der Halbinsel entlangzieht, einmal außer acht lasse, ruft diese Stadt mit den Wirbeln der über dem Cilvarda-Kap schwebenden, teilweise weißen, bei Sonnenuntergang purpurroten, wandernden Wolken die Sehnsucht nach dem offenen Meer hervor. Vielleicht weil Alanya im Verlauf der Geschichte sowohl ein Piratennest als auch ein Hafen für Handelsschiffe war, vielleicht auch deshalb, weil die Stadt mir die Vermutung eingibt, daß am Horizont, dort, wo das Meer endet, ein viel tieferes, viel größeres »Weltenmeer« beginnt. Der wahnsinnige Sturm, der sich von den verschneiten Berghängen und Tälern losreißt, treibt die Wolken vom Festland zum fernen Meer. Wenn man von den Felsen herabblickt, taucht das Mittelmeer tief unten auf. Von der Römerzeit bis zum heutigen Tag wurden Sträflinge für nichts und wieder nichts zum Spiel mit den drei Steinen gezwungen. Alle, denen zugestanden wurde, drei Steine aus einer Höhe von etwa zweihundertfünfzig Metern in die Tiefe zu schleudern, ließen sich vom Schein täuschen und versuchten ihr Glück, doch keiner der Steine, den wer auch immer warf, landete im Meer. Sie hatten keine Chance, die ersehnte Freiheit zu erlangen. In der Tiefe des Abgrundes lagen sie dann nicht nur dem Meer, sondern auch dem Tod in den Armen.

Auch ich mache die Probe aufs Exempel. Während der Stein, den ich mit aller Macht schleudere, auf dem Weg ins Meer ist, verlangsamt sich sein Tempo auf dem Weg in die Tiefe, und er verschwindet aus dem Blickfeld. Wie auch immer, ich bin kein

Sträfling, und mein Ende wird nicht dem Geschick des Steins, nicht dem Schicksal von Tausenden von Häftlingen gleichen, die man im Laufe der Geschichte in den Abgrund warf. Aber ich bin ein Gefangener dieses Anblicks, des blauen Meers, das sich bis zum Horizont erstreckt. Ich halte mich immer noch für einen Anrainer des Mittelmeers, auch wenn ich seit vielen Jahren in einer europäischen Hauptstadt lebe – in der attraktivsten, der verführerischsten, eben in Paris, der dirnenhaftesten Stadt schlechthin. Das Meer ist von einem unglaublichen Blau. Wenn ich türkis sagen würde, wäre das nicht richtig, an manchen Stellen schimmert es indigo und dunkelblau. Homer sagt in der *Odyssee*, »der Ozean, der keine Ernte hervorbringt«, habe die Farbe des Weins. Das stimmt, und auch ich wurde Zeuge, daß es sich bei Sonnenuntergang verfärbt und fast rot – bordeauxrot – wird. Doch jetzt ist hellichter Tag. Außerdem ist Frühling, und wir haben gerade erst den Winter überwunden, der Alâeddin Keykubad den Wunsch eingab, Alanya, diese Festung, zu erobern.

Das Meer hat jetzt die Farbe der Sternfayencen, die einst die Mauern des Palastes schmückten, der heute in Trümmern liegt. Ja, mit Pflanzen- und Tierfiguren verziert, spiegelt es den Zauber der doppelköpfigen Adler wider, der Pfauen und wilden Bestien, der Papageien, die auf den Zweigen des Lebensbaums hocken, und der im Wasser spielenden Fische; auf den Fayencen des Kubadabad-Palastes sehen wir Bilder, die alldem gleichen. Das Meer übernimmt die Farbe der seldschukischen Fayencen, die, jahrhundertelang in der Erde vergraben, zerfallen sind – es hat ihr Licht bis heute behalten. Daher ist es so geheimnisvoll, so anziehend und fern. Ich würde sagen, davon zu erzählen, ist fast unmöglich – wie in dem Gedicht von Melih Cevdet Anday:

»Du verstehst das Blau,
das Meer verstehst du,

kaum begreifst du es,
das blaue Meer.«

Mir fällt der berühmte Vers eines anderen großen Dichters, eines Festungssträflings ein, der seine besten Jahre im Gefängnis von Bursa verbrachte: »Das schönste Meer ist das noch nicht befahrene«, sagt Nâzım Hikmet.

Ich denke, Kaygusuz und die Sufis sind nicht zu einer Reise nach Ägypten, sondern zu sich selbst aufgebrochen und waren schließlich auf dem noch nicht befahrenen Meer unterwegs. Auch wenn er nach Kairo ging und dort einen Konvent gründete, um die Lehre der Bektaşiten zu verbreiten, auch wenn er, wie es die – unverbürgte – Überlieferung sagt, am Ufer des Nils starb und begraben wurde, hatte er seine »Berufung« im Grunde genommen schon vorher vollendet und den Weg zu sich selbst abgeschlossen. Dieser Weg ist jetzt verlassen, die Welt hat sich um hundertachtzig Grad gedreht. Es gibt niemanden, der sich auf die Spuren von Kaygusuz begibt, und niemanden, der von diesem Weg zurückkehrt.

Alanya – Paris 2002

Tarzan, Merkez Efendi, Saruhan Baba und Manisa, die Stadt der Prinzen

Zweifellos gibt es auch andere Städte in Anatolien – wie zum Beispiel Bursa, Amasya und Kayseri –, die mit einem Berg, einem einzigen Berg so sehr eins werden, mit ihm verschmelzen und allmählich zu einem Teil, einem Ausläufer des Berges werden, aber Manisa ist gleichsam ein Berg aus einem Guß, fern, majestätisch und einsam, wenn man es von der Ebene aus erblickt. Wenn man der Stadt näher kommt, tauchen Minarette und Bleikuppeln aus der Zeit der Osmanen auf. Die Armenviertel hingegen, die am Abhang des Berges verstreut liegen, können Sie nur erkennen, wenn Sie eine Anhöhe ersteigen. Der Fluß Gediz strömt an den südlichen Ausläufern des Berges entlang durch Gärten, lauter Gärten. Im Winter wie im Sommer führt er reichlich Wasser. Auch der Berg hat Anteil an seinem schwerfälligen, mäandernden Verlauf. Anscheinend lenkt er den Strom, nicht nur in tiefe Schluchten und zu sturmgepeitschten Hängen, sondern auch in die Ebene, zu den Tabakfeldern und den herrlichen Trauben, deren Saft an den Rebstöcken herabfließt, zu den staubigen Wegen und den Dorffrauen, die die Tabakpflanzen nachts bei künstlichem Licht brechen. Der Berg beherrscht den Strom.
Ja, zuallererst ist Manisa ein Berg. Dann sollte ich doch einmal mit der Geschichte des Berges beginnen, um von der Stadt zu erzählen, die unter den Orten meiner Kindheit eine wichtige Rolle spielte. Genauer gesagt, mit der Geschichte des Tarzan von Manisa, eines Derwischs, der mit dem Namen des Berges eng verbunden ist. Doch zuvor sollte ich von einem anderen Einsiedler, von Yusuf Atılgan, sprechen, der sich zumindest sein Künstlerleben lang mit einem einfachen Wams begnügte, obwohl er Landbesitzer war, und der einen großen Teil seines Lebens in Saruhanlı, etwa zwanzig Kilometer nordöstlich von Manisa, fern von den literarischen Kreisen Istanbuls, verbrach-

te. Sollte ich etwa nicht davon berichten, daß Zebercet, Atılgans Romanfigur, einer der interessantesten Charaktere der türkischen Literatur des 20. Jahrhunderts, sein Leben allein in einem geschlossenen Raum verbrachte, und während er nachts ein altes Hotel – das Familienerbe – bewachte, nicht nur zu einer Reise ins eigene Innere, sondern auch in die Geschichte Manisas aufbrach? Ja, Zebercet ist ein einsiedlerischer Narr, ein Derwisch, der die Grenzen des Wahnsinns überschreitet, schwankend zwischen Gut und Böse, ein in sich verschlossener Geist. Diese innere Verschlossenheit und seine Unfähigkeit, Entscheidungen zu treffen, waren auch der Anlaß für seinen Selbstmord.

Manisa ist die Stadt Zebercets, der Hauptperson von *Hotel Heimat*, auch wenn der Name der Stadt im Roman nicht genannt wird. Wenn Yusuf Atılgan im ersten Kapitel Manisa beschreibt, verknüpft er die Innenwelt des Nachtwächters Zebercet, der sich später umbringen wird, seine Halluzinationen und Verirrungen, die nach und nach zum Wahnsinn führen, mit der jüngsten Geschichte der Stadt, »die sich am Fuß des Berges ausbreitet«, und den Tagen des Zusammenbruchs, der mit dem Befreiungskrieg kam. Zebercet ist anscheinend ein Symbol für Manisa, das »für seine Narren berühmt ist«, wie ein alter Mann sagte, den ich zufällig auf dem Markt traf. Auch an Schmerz, Einsamkeit, sexueller Entbehrung und Erinnerungen an die Vergangenheit hat Zebercet zu leiden. Vielleicht ist sein Gesicht auch daher »wie knochenlos«, und alles in seinem Antlitz ist »nach unten gezogen«, die Augenbrauen, die Mundwinkel und die Nase. Reisende, die zum ersten Mal in die Stadt kommen, erschreckt der Berg – so auch die junge Frau, in die Zebercet sich verlieben wird, nachdem sie das Hotel verlassen hat:

»Der Fahrgast, der von Osten mit dem Zug kommt und beim Abbremsen des Zuges mit seinem Gegenüber gesprochen oder die Zeitung gelesen hat, schaut verwundert drein, wenn er aus dem Fenster sieht, um festzustellen, wo der Zug hergekommen ist. Schroff aufsteigende Felsen und ein riesiger Berg scheinen sich nach einem Engpaß über den Zug zu beugen. Das Städtchen (oder die Stadt) mit den Minaretten und den breiten, baumbestandenen Straßen schmiegt sich an den Hang dieses Berges.«[14]

Ich kam nicht mit dem Zug nach Manisa und fuhr auch nicht aus östlicher Richtung in die Stadt. Doch ich könnte sagen, daß ich ebenso wie Yusuf Atılgan verwundert dreinblickte, als ich den Berg sah. Aber ich hätte mit diesem Anblick vertraut sein müssen. Das Haus meines Großvaters stand in Akhisar. In meiner Kindheit reisten wir in den Sommerferien von Balıkesir mit dem schwarzen Zug nach Akhisar, und wenn wir von dort aus für ein oder zwei Tage nach İzmir weiterfuhren, »um bei İnciraltı ins Meer zu gehen«, kamen wir an Manisa vorbei. Aus diesen Jahren ist mir nicht der Anblick des Sipil-Berges im Gedächtnis geblieben, sondern der bärtige Tarzan von Manisa mit den langen Haaren, der allein in einer Hütte am Abhang des Berges lebte und im Sommer wie im Winter nackt herumlief.
Damals wußte ich weder etwas vom Leben Tarzans noch davon, daß er alle Bäume der Stadt gepflanzt hatte. Ich kümmerte mich auch nicht um das, was man sich über ihn erzählte. Nein, weder interessierte mich, daß er der Sohn eines reichen Herrn gewesen und wegen einer unglücklichen Liebe so zerlumpt herumgelaufen sein soll, noch, daß er dann verrückt geworden und in die Berge gegangen sein soll, nein, mich interessierte auch nicht, daß er ein Deserteur gewesen sein soll und daß ihm ein gutmütiger Mensch, dem er begegnete, als er

14 Yusuf Atılgan, Hotel Heimat. Aus dem Türkischen von Hanne Egghardt. Hamburg 1985, S. 10.

mit den wilden Tieren auf dem Berg lebte, eine Hütte baute; das soll ein Prinz aus edler Familie gewesen sein, der sein Land verlassen mußte. Ja, man sagte sogar, es sei ein russischer Agent gewesen. Doch nichts von alledem interessierte mich, bei allen Legenden, die man über ihn erfunden hatte, hörte ich nur mit halbem Ohr hin. Heute jedoch weiß ich, daß Tarzan von Manisa zu den Türken aus Kirkuk gehörte und daß sein Name Ahmed Bedevi war, daß er in die Türkei gekommen war, nachdem er gegen die Griechen gekämpft hatte, daß er sich an den Aufräumungsarbeiten in Manisa beteiligte und sich mit der Absicht, in innigem Einvernehmen mit der Natur zu leben, für einen solchen Lebensstil entschied, daß er sich sehr darum bemühte, die Natur zu schützen, und wir ihn daher für unseren ersten Umweltschützer halten müssen. Der Tarzan von Manisa aus meiner Kindheit war ein Verrückter, der den Berg in einem Atemzug erkletterte, der nicht nur im Fastenmonat Ramadan, sondern jeden Tag um zwölf Uhr eine aus den Kriegsjahren übriggebliebene Kanone abschoß, ein Verrückter mit seiner sonnenverbrannten, runzligen Haut, der über die Hauptstraße spazierte und Schrecken in seiner Umgebung verbreitete, obwohl er jedem Haus einen Strauß Blumen brachte. Jetzt aber steigt er jeden Tag etwas mehr in meiner Achtung. Ich betrachte ihn als Vater der grünen Bewegung von Manisa, als Heiligen, an dem unsere Kinder sich ein Beispiel nehmen sollten. Als er 1963 starb, war ich zwölf Jahre alt. Damals hatte sich in unserem Land noch kein Umweltbewußtsein entwickelt. Doch die Setzlinge, die Tarzan gepflanzt hat, sind längst zu Bäumen herangewachsen: Ihm ist es zu verdanken, daß die Stadt grün geworden ist und einen der schönsten Parks der Region hat. Auch heute ist der Park von Manisa schön, aber die Statue, die man zum Andenken an Tarzan aufgestellt hat – genauer gesagt, die kleine Büste –, wie häßlich sie ist! Dabei wissen wir, daß Tarzan, dessen Wert man leider erst später erkannte, ebenso gutaussehend wie gewandt und stark war. Aus einem Brief, den man nach seinem Tod in der fensterlosen kleinen Hütte fand, geht hervor, daß er die Herzen der Frauen gewann:

»Tarzan Bey, mein Bruder ... Von zwei Männern habe ich mich getrennt, da es ihnen nicht gelungen ist, mir ein Kind zu machen, und ich bin doch eine wohlhabende, jugendfrische Hausfrau. Ich habe zwei Häuser und zwei Äcker. Wenn du mich nähmst und mir ein Kind machen würdest, würde ich mich – bei Gott! – mein Leben lang um dich kümmern! Ich stelle nur die Bedingung, daß du in der Feiertagsnacht, in der die Bonbons vom Minarett geworfen werden, in meine Kammer kommst und dir das Bonbon schnappst. Und die andere Bedingung: Du steigst vom Berg herab und sitzt mir zu Füßen! Spielereien mit Hyänen und Mardern kommen nicht in Frage. Schreib mir sofort, ruf mich zu dir, und ich komme auf der Stelle.
Ich erwarte rasch deine Antwort ...
Fadime aus dem Dorf Meryemyeri in Orla (16. Januar 1957)«

Tarzan gab nichts auf solche und ähnliche Vorschläge und lebte einsam wie ein Derwisch in seiner Hütte, zog sich jedoch nicht von der Welt zurück und kasteite sich auch nicht tagelang. Er sorgte dafür, daß seine Umgebung grün wurde, und machte den Kindern Freude, die er sehr liebte. Als »Kolonisatoren« verbrachten die türkischen Derwische – um einen Ausdruck von Ömer Lütfiye Barkan zu verwenden – im allgemeinen sowieso nicht ihre ganze Zeit damit, zu beten und sich im Sema-Tanz zu drehen, sondern säten und ernteten auf dem Boden, den man ihnen überlassen hatte, mahlten Mehl in den Mühlen, gruben Weinberge und Gärten um und kümmerten sich um die Gemüsegärten. Wir wissen, daß sie beim Übergang vom Nomadentum zur Seßhaftigkeit eine wichtige Rolle spielten. Unter ihnen waren auch Heilige aus Chorasan wie

Revak Sultan, Arık Dede, Sofu Sevindik, Hâki Baba, Sindel Baba, Kırtık Baba und Yolageldi Baba, die in diese Gegend – zur Zeit von Saruhan Baba und seinen Söhnen war sie ein anatolisches Fürstentum – kamen, sich niederließen und einen wichtigen Beitrag zum sozialen und kulturellen Leben leisteten, indem sie kleine Konvente gründeten. In meiner Kindheit war ich ganz erpicht auf das Abenteuer von Yolageldi Baba, dessen Name ein unerforschliches Geheimnis zu sein schien, und hörte mir mit Interesse die vielen verschiedenen Legenden an, die man über ihn erfunden hatte. Heute weiß ich, daß Yolageldi – »Er kam auf den rechten Weg« – wie es bei den Bektaşi Brauch ist, den »wahrhaftigen Weg« einschlug, das heißt, in den Orden eintrat und sein stürmisches Leben aufgab, weiß, daß bereits sein Vater ein Derwisch der Eingeweihten von Chorasan war, daß er auf dem Friedhof im Dorf Gürle neben einer Quelle in ewigem Schlaf liegt und von dem kleinen Konvent, das heißt der Klause, nichts außer ein paar Ruinen stehengeblieben ist. Und von Otman Baba, dem Kalenderderwisch, der sein Fell zu der Zeit in Manisa ausbreitete, als Mehmet II., der Eroberer, Thronfolger war, gibt es hier, in dieser Stadt, noch nicht einmal eine Grabstätte, doch seine Persönlichkeit, seine Wundertaten und sein rebellisches Verhalten, mit dem er sogar den mächtigsten Herrschern entgegentrat, leben in den Legenden weiter. Nur in den Legenden? Das wichtigste ist eigentlich, daß er im Herzen des Volkes lebt. Ich könnte mir vorstellen, daß er Augenbrauen, Bart und Schnurrbart mit dem Messer abrasierte, über Berge und Hügel wanderte, mit den Derwischen an den Kämpfen teilnahm und anfeuernde Rufe ausstieß, um die Armee moralisch zu unterstützen. Auch er hat sich auf den Weg nach Manisa gemacht, doch leider steht der Konvent von Otman Baba, der hier im Westen Anatoliens Spuren hinterlassen hat, in Bulgarien.

* * *

Lassen wir mal die Derwischklausen von Manisa und die Derwische, die auf ihren Friedhöfen ruhen, beiseite und kehren zu den weltlichen Themen zurück. Ich hatte gesagt, daß sich der stattliche Tarzan genauso wie Yusuf aus Tevrat und alle anderen stattlichen Legendenhelden dazu verführen ließ, die Frauen zu provozieren. Diese Provokation hängt aller Wahrscheinlichkeit nach auch mit einem Wundertrank zusammen, den man aus den Bonbons braute, die alljährlich in der Stadt verteilt wurden. Es gibt eine interessante Geschichte jenes Bonbons, von dem man glaubt, es heile jedes Leid und steigere vor allem auch die männliche Potenz. Manisa ist sowieso die Stadt der Legenden. Von Niobe bis Tarzan, von Saruhan Baba bis Merkez Efendi wurde alles, was den berühmten Helden der Stadt geschah, zur Legende erklärt und ausgeschmückt. Doch die Geschichte von den Bonbons, die zu Frühlingsbeginn – am Nevruz-Tag – vom Minarett der Sultansmoschee geworfen werden und auf die sich die Leute im Gedränge stürzen, beruht auf einem wahren Ereignis, wenn man den Historikern Glauben schenken darf.

Sie kennen Mengli Giray – oder auch nicht. Das ist der Herr der Krimtataren. Als Hafsa, eine der Töchter dieses Herrschers, Sultan Selim dem Gestrengen einen Jungen gebar, wurde sie in den Stand der Sultansmutter erhoben, kam danach mit dem Thronfolger nach Manisa und ließ die Sultansmoschee erbauen. In den Jahren, als Sultan Süleyman, an den man sich später als »Kanuni«, den Gesetzestreuen, oder in Europa als den »Prächtigen« erinnert, Gouverneur des Bezirks von Manisa war, wurde seine Mutter Hafsa Sultan krank. Das war eine Krankheit, für die es kein Heilmittel gab. Selbst die besten Ärzte jener Epoche konnten keine Arznei dagegen finden. Zuletzt zog man Muslihiddin Merkez Efendi hinzu, und man erprobte ein »Bonbon«, das ihr dieser halbverrückte Gelehrte reichte. Und wie in allen Märchen wurde sie auf der Stelle gesund. Was war in diesem geheimnisvollen Bonbon?

Ohne zu zögern, notiere ich hier, woraus es zusammengesetzt ist:

Nelken, Nelkenpfeffer, Ingwer, Galgant, schwarzer Pfeffer, Weinstein, Koriander, Kubebenpfeffer, Walnüsse, Anis, Röhrenkassie, Balsamharz, Safran, Chinawurzel, Senf, Orangenschale, Zimt, Alkohol, Indigo, Lakritz, Federspat, Opium, gelbe Myrobalane, schwarze Myrobalane, Fenchel, Kreuzkümmel, Gelbwurzel, Zimtblüte, Kokosnuß, Schwarzkümmel, Hirsepfeffer, Rhabarber, Zitronensäure, Senneskassie, Vanille, Kreuzdorn und Zucker.

Es war dann wohl so, daß Süleyman, der Thronfolger, davon überzeugt war, daß die Medizin von Merkez Efendi, die Hafsa Sultan hatte genesen lassen, das einfache Volk erst recht heilen würde, und so befahl er, daß dieses Arzneibonbon in großen Mengen hergestellt und von den Minaretten der Sultansmoschee ins Volk geworfen werden solle. Daher die Geschichte der Verteilung der Bonbons jedes Jahr im Frühjahr, auf die sich die Leute von Manisa stürzen, wenn die Frühlingsfeier – der Nevruz-Tag – kommt und die Natur grün wird, wenn der Saft in die Blätter steigt und die Herzen im Feuer der Liebe schlagen. Eigentlich kann man dies Bonbon überall, in den abgelegensten Läden der Stadt, finden. Es geht darum, es zu schlucken. Ich habe es probiert, und mein Magen hat nicht rebelliert.

Genau gegenüber der Sultansmoschee steht ein Denkmal von Merkez Efendi, der das Leben von Hafsa Hatun mit einem Bonbon gerettet hat. Den Turban auf dem Kopf, in Beinkleidern mit angenähten Schuhen an den Füßen, sitzt er mit gekreuzten Beinen da. Er blickt auf die Moschee, die die Sultansmutter erbauen ließ, und auf die Bleikuppeln der Anlage, mit anderen Worten, auf den gesamten Komplex. Und wenn Sie genau hinschauen, erkennen Sie, daß er das Gesicht dem Berg zugewandt hat. Dann blickt er nach Muradiye und dann wieder zur Sultansmoschee und dem Gebäudekomplex, zu dem die Medrese, die Bibliothek und andere Einrichtungen gehören. Ich glaube, Sie haben verstanden, daß es sich um eine Statue handelt, die sich wie ein Planet langsam um die eigene Achse dreht. Und immer wenn sie sich dreht, wird sie, wie ein Döner Kebap, in der Augusthitze gebraten. Denn das ist einer der Heiligen, die darum beten, daß alles im Zentrum ist. Und damit verhält es sich so:

Eines Tages kam ein schmaler, aber kräftiger junger Mann von draußen, um der heiligen Lehre im Konvent des Ordensmeisters Sümbül Efendi von Kocamustafapaşa zu lauschen. Er sah gut aus, hatte einen klugen Blick und war sehr schüchtern. Er war nicht in der Lage, dem Şeyh ins Gesicht zu sehen und noch nicht einmal dem jüngsten Novizen. Den Blick zur Erde gerichtet, war er ganz Ohr, als suche er etwas und warte auf eine Nachricht aus dem Jenseits. Er achtete vor allem darauf, nicht vor dem Herrn des Ordens in Erscheinung zu treten. Als die Predigt begann, versteckte er sich hinter einer der Säulen auf der Schwelle der Halle und begann dem Meister von dort aus zuzuhören. Da er ein Schüler der Medrese war, verstand er nicht besonders viel von dem Gesagten, doch die Stimme, die wie sprudelndes Wasser aus Sümbül Efendis Mund kam, machte einen tiefen Eindruck auf ihn und erleichterte ihm anscheinend das Herz. Danach trat für ihn alles offen zutage, und die Worte waren mehr als nur Laute und bekamen einen Sinn. Je weiter die Schleier sich vor seinen Augen hoben, um so mehr breitete die Welt, jedoch nicht diese Welt, sondern eine andere Welt, die man die geistige nennt, sich nach und nach wie ein farbenfroher Perserteppich vor ihm aus, die Farben jedoch wurden im Tageslicht gewaschen und zu einer einzigen Farbe, zu Farblosigkeit. Der junge Mann löste sich in seiner Existenz auf und wurde von dem Lockruf, zunichte zu werden, verführt, und eine Rückkehr war nicht mehr möglich. An diesem Tag reihte sich der Schüler der Medrese, Musa bin Muslihiddin, unter die Novizen von Sümbül Efendi ein, er bewarb sich um Aufnahme in den Orden, und sie wurde ihm gewährt. Doch er hatte nie den Mut, dem Ordensmeister ins Gesicht zu blicken. Er war immer so scheu, so schüchtern und richtete den Blick zu Boden.

Eines Tages nahm Sümbül Efendi seinen Schülern ein schwieriges Examen ab. Man mußte eine Antwort auf die folgende Frage finden: »Wie hättet ihr das Weltall geschaffen, wenn man euch die Macht des Schöpfers verliehen hätte?« Man durfte dem lieben Gott zwar nicht ins Handwerk pfuschen, aber alle Novizen waren für Veränderungen. Manche sagten, man müsse alles Schlechte aus der Welt entfernen, manche meinten, man solle jedermann zum Hausbesitzer machen, manche sagten, man solle eine Welt schaffen, in der es keine Jahreszeiten mehr gäbe und immerwährender Frühling herrschte. Es gab sogar Novizen, die Ungleichheit, Gewalt und Armut abschaffen wollten. Muslihiddin jedoch stand wie immer still in einer Ecke und sagte kein Wort. Der Şeyh wandte sich an ihn: »Nun, und was für ein Weltall würdest du schaffen?« »Ich würde alles so lassen, wie es ist, mein Herr«, antwortete Muslihiddin, »das Weltall ist schön, genauso wie der Herr es geschaffen hat, und so muß es sein. Auf Erden würde ich überhaupt nichts ändern, die Ordnung des Weltalls würde ich so lassen, wie sie ist.«

Nach dieser schlichten Antwort erhielt Muslihiddin den Namen »Merkez Efendi«, und als es so weit war, daß auch er, wie alle Derwische, den Şeyh um Erlaubnis bat, Abschied zu nehmen, und sich auf den Weg machte, gelangte er, nachdem er über Berg und Tal gewandert war – tagsüber wanderte er und nachts schlief er in Grotten und Baumhöhlen, um nicht den wilden Tieren zum Opfer zu fallen –, in der Morgendämmerung ins Land der Söhne von Saruhan. Er kam jedoch nicht mit leeren Händen, sondern nutzte das ärztliche Wissen, das er beim Heilen von Krankheiten erworben hatte, schließlich hatte er all das in dem Hospital gelernt, das Bezmi-Âlem Sultan, die

Mutter von Sultan Selim I. dem Gestrengen, errichtet hatte. Ohne Zauber und Hokuspokus fand Muslihiddin ein Mittel gegen die Leiden der Leute von Saruhan und linderte ihre Schmerzen. Seine Aufrichtigkeit aber schadete ihm. Niemand wollte hören, wie es wirklich um seine Gesundheit bestellt war, man duldete den Sufi nicht länger dort, und wie ein verwaistes Katzenjunges wurde er ausgesetzt. Dann wieder Straßen, Herbergen und Karawansereien ... Danach Grotten und Baumhöhlen, und unverdrossen über Balıkesir nach Istanbul.

Und lassen Sie Balıkesir nicht links liegen! Woher sollten Sie allerdings wissen, daß diese Stadt in meiner persönlichen Topographie eine wichtige Rolle spielt ... Ich kam in Gaziantep zur Welt, doch meine ersten Erinnerungen gehören Balıkesir. Dort habe ich meine Kindheit verbracht, und mit der Schule habe ich einst in Balıkesir, der Hauptstadt des Kreises Karesi, begonnen. In der Grundschule war auch von Merkez Efendi die Rede, natürlich habe ich mich nicht weiter damit beschäftigt. Das einzige Buch, das ich damals las, hieß *Texas*, vielleicht auch *Tom Mix* oder *Kinova*, der die Indianer quälte. Seitdem sind viele Jahre vergangen. Ich bin von Balıkesir fortgegangen, um nie wieder zurückzukehren, doch als ich vierzig Jahre später *Sağ Salim Kavuşsak – Wenn wir uns gesund und munter wiederfinden –* schrieb, worin ich von meinen Kindheitserinnerungen erzähle, wurde mir klar, daß ich mich in Wirklichkeit nie von dieser Stadt gelöst hatte. Und heute merke ich, daß diese Stadt, die Merkez Efendi nicht ohne weiteres aufnahm, in meinen Augen an Wert gewonnen hat. Es fehlt nicht viel, und ich kann mir Merkez Efendi vorstellen, der sich vor fünfhundert Jahren dort aufhielt, um zu predigen.

Er war Oberhaupt der Halvetiye, des Halveti-Ordens. Die Ahnenreihe seiner Bruderschaft reicht bis zu Nur ül Halveti. Da dessen Neffe, Ömer bin Ekmeleddin-i Lâhici, der Nachfolger jenes sagenumwobenen Sufis, sich genau vierzig Tage lang in der Höhlung einer Platane kasteite und da er vierzig mal vierzig Tage in der Höhle bleiben mußte, in die er sich zurückgezogen hatte, übernachtete auch Merkez Efendi in Baumhöhlen. Seine Kleidung war verschmutzt, und er sah erschöpft und ein wenig zerlumpt aus. Wir können vermuten, daß dieser Derwisch, der noch nicht einmal die Katze im Haus fütterte, um die Mäuse nicht zu kränken, unterwegs mit den Tieren sprach und ihnen sein Herz ausschüttete und daß er seine Kutte vielleicht einem Schaf oder – warum auch nicht? – einem Wolf überzog, damit sie nicht frören, und daher den Leuten von Balıkesir halbnackt gegenübertrat. Außerdem wollten die Bewohner der Stadt nicht einem armen, alten Einsiedler mit schwarzem Turban zuhören, da sie Emir Sultan liebten. Einer nach dem anderen verließ die Moschee. Wenn Sie fragen, um welche Moschee es sich handelte, dann könnte es entweder die Alte Moschee gewesen sein, die zur Zeit von Beyazıt I. dem Blitz erbaut wurde, oder auch die Umurbey-Moschee, die laut Inschrift im Jahr 1412 zerstört wurde. Ja, sogar die große Moschee am Markt, auf dem das Grabmal von Zağanos Paşa steht, dem Hofmeister und Wesir von Mehmet II. dem Eroberer, der sowohl sein Schwager als auch sein Schwiegervater war. In jenen Jahren gab es sehr viele Moscheen in Balıkesir, es gab jedoch niemanden, der einem Einsiedlerscheich lauschen wollte, der mit geschlossenen Augen predigte. Merkez Efendi machte die Augen zu, geriet außer sich, predigte vermutlich in Ekstase, aber die Gemeinde löste sich auf und ging. Schließlich stand auch der Moscheediener auf, und als er sagte: »Euer Hochwürden, wenn Sie erlauben, mache ich mich jetzt auch mal davon, ich habe noch viel Arbeit. Hier sind die Schlüssel zur Moschee. Schließen Sie dann bitte das Tor, wenn Sie gehen«, öffnete Merkez Efendi die Augen, erkannte, daß außer ihm niemand mehr da war, und setzte seine Predigt dennoch fort. Warum nur? Vielleicht, damit die Engel ihn hörten. Dann aber kehrte die Gemeinde zurück und hörte zu, bis Merkez Efendi seine Predigt beendet hatte.

Wenn Ihr Weg Sie eines Tages nicht nach Balıkesir, sondern nach Istanbul führt, sollten Sie auf jeden Fall bei der Moschee am Mevlâna-Tor vorbeigehen. Dort steht auch das Grabmal von Merkez Efendi, für das Ebussuud Efendi ein Chronogramm auf sein Todesjahr verfaßt hat: »Das Licht im Zentrum des Kreises ist Gott.« Auch seine Novizenzelle und der Glücksbrunnen befinden sich dort. Schreiben Sie Ihren sehnlichsten Wunsch auf einen Zettel, und werfen Sie ihn hinein. Oder beugen Sie sich nachts, wenn es ringsum menschenleer ist und die Seele von Merkez Efendi mit den Geistern Ball spielt, über den Brunnen, und rufen Sie Ihren Wunsch in die Finsternis. Eines Tages werden Sie sehen, daß er sich erfüllt und Wirklichkeit wird. Falls er sich nicht erfüllen sollte, klagen Sie Marko Paşa Ihr Leid, und er findet bestimmt eine Lösung.

* * *

Neben dem Denkmal von Merkez Efendi stehen in Manisa auch Statuen anderer Persönlichkeiten, die die Geschichte der Stadt geprägt haben. Zum Beispiel das Denkmal von Saruhan Bey.

Saruhan Bey, der Manisa 1313 eroberte, war Emir des seldschukischen Sultans in Anatolien, Mesut II., das heißt, er hatte einen hohen Rang. Und er nahm die Stadt ein, indem er um Mitternacht Kerzen an die Hörner von Ziegen binden ließ, um die Byzantiner zu täuschen. Doch das Volk hält ihn für einen Heiligen. An seinen Namen, Saruhan Baba, erinnert man sich in Verbindung mit den Eingeweihten von Chorasan, die ihn mitbrachten. Aus dem Geschichtswerk von El Ömeri erfahren wir etwas über die geographische Lage des Bezirks Saruhan, der in der Zeit der Feudalherrschaft ein unabhängiges Fürstentum war:

»Saruhan ist Herr über Magnisia. Das Land grenzt im Nordwesten an das Land der Yahşi und im Süden an Denizli. Davor liegt die Insel Lesbos im Meer. Der Herr über dieses Land besitzt fünfzehn Städte und zwanzig Burgen. An Soldaten hat er mehr als zehntausend Reiter. Ihnen werden die Straßen zu eng, denn es sind kriegserfahrene Leute.«

Auch der arabische Reisende Ibn Battuta, der an einem Frühlingstag kam, konnte kein Ende finden, als er die Gärten, die Gewässer und natürlich den Berg Manisas pries. Dann erklärt er, daß er am Vortag des Feiertags zu Ehren von Saruhan Bey mit seiner Frau im Grabmal von dessen ein paar Monate zuvor verstorbenem Sohn übernachtete:

»Man hatte den Leichnam des Jungen einbalsamiert, in einen mit verzinntem Eisen umschlossenen hölzernen Sarg gelegt und in einer Kuppel aufgehängt, die nicht mit einem Dach gedeckt war, damit sich der Geruch verlor, der von dem Leichnam ausging. Später sollte das Dach gedeckt, der Sarg heruntergelassen und in der Mitte aufgestellt werden, und man würde die Kleider des Toten darüberdecken. Ich hatte schon zuvor gesehen, daß man dergleichen für viele Herrscher tat.«

Wir können annehmen, daß İlyas Bey sich an dieselbe Zeremonie hielt, als sein Vater gestorben war, daß er den Sarg seines Vaters mit dessen Kleidern zudecken ließ und das Dach des Grabmals, das Saruhans Enkel, İshak Bey, hatte erbauen lassen, auch eine Zeitlang offengelassen wurde. Saruhan Bey und seine mit einem Schwert umgürtete Statue, die – mit einem Wort von Âşık Paşa – zeigt, daß er sehr viel eher zu den kriegerischen Gottesstreitern als zu den Heiligen von Rûm gehörte, hat sein Antlitz nach Manisa gewandt, als ob er den heutigen Zustand der Stadt bedauern würde. Die größeren und kleineren Derwischkonvente, von den Heiligen von Chorasan gegründet, die ihn mitgebracht hatten, damit er den Soldaten Mut einflöße –, die Moschee und die Medresen,

131

die er erbauen ließ, sind entweder zerstört oder zwischen häßlichen Mietskasernen verschwunden. Dennoch sind noch viele Bauten aus der Zeit des Osmanischen Reichs erhalten geblieben, wie die Muradiye, die Sultansmoschee, die Moscheenanlage Hatuniye und andere. Doch nachdem die Herrschaft Saruhans und seiner Söhne zu Ende gegangen war, löschten die Osmanen ihre Spuren auf dieser Welt und renovierten noch nicht einmal die Mausoleen. Auch das Grabmal von Saruhan, an den man sich als Vater Saruhan erinnert und der im Gedächtnis des Volkes sehr viel mehr ein Leben als Heiliger denn als Eroberer führte, konnte erst zu unserer Zeit renoviert werden. Mit seinen dicken Mauern, der soliden Bauweise und den kleinen Fenstern erkennt man es auf den ersten Blick. Jetzt liegen die Frauen dort und träumen. Und wenn sie das Grün sehen, glauben sie, daß ihre Wünsche in Erfüllung gehen. Auch der Aufseher des Grabmals ist ein Mann, der gern plaudert. Wenn Sie Geld in die Truhe zur Pflege des Grabmals werfen, haben Sie nicht nur das Recht auf ein Glas kaltes Wasser aus der Plastikkaraffe, sondern auch darauf, eine Legende von Saruhan Baba zu hören. Alles, was der Aufseher weiß, gibt er zum besten, von den wandernden Turkmenen, die zur Zeit der anatolischen Fürstentümer in das Gebiet von Saruhan kamen und sich hier niederließen, bis hin zu den Piratenstreichen von Çaka Bey. Gleichzeitig zählt er von Esüriddin Baba bis Kurdoğlu Şeyh İsmail, von Yolageldi Baba bis Arık Dede die Ahnenreihe aller bisherigen Heiligen auf und bietet Ihnen dann noch ein Glas kaltes Wasser an, damit Sie den Segen der Heiligen bekommen. Wenn Sie Geld in die Truhe werfen, können Sie – in der Phantasie – an der Parade der Herrscher teilnehmen, die das Fürstentum in der Prinzenstadt Manisa errichtet haben.

Da steht er also, der Eroberer, aufrecht im Kaftan, und erwartet den Tag des Triumphes, an dem ihm unser Herr, der Prophet, eine Predigt halten wird. Istanbul ist gefallen und wird fallen. Kanonendonner dröhnt von den Festungsmauern. Sultan Kanuni, der Gesetzestreue, hält ein Buch in der Hand. Alt und einsam ist er, auch ein wenig müde. Er ist wohl so nachdenklich, weil er alle Prinzen außer Selim, den Sohn von Hürrem, hat ermorden lassen. Selim jedoch lacht über das ganze Gesicht und hat einen dicken Bauch. Vom Trunk sind seine Wangen gerötet und seine Augen ein wenig verrutscht. Dann Murat III. und Mehmet III. Wie ihre Vorfahren stehen auch sie mit Turban und voller Stolz da. Abgeblättert ist die Bronze, und so stehen die einstigen Herren des Landes von einst erstarrt am Eingangstor der Stadt.

Als ich Manisa verließ, schaute ich mir noch einmal diese interessante Statue an, die in den letzten Jahren errichtet worden ist. In seiner ganzen Majestät und Herrlichkeit lehnte der Berg sich nicht nur über die Stadt, sondern auch über ihre ehemaligen Beherrscher. Ja, es hat eine Zeit gegeben, da sind auch sie durch Manisa gekommen, Saruhan Bey und die Derwische, Merkez Efendi und Hafsa Sultan, Ibn Battuta und Tarzan, außerdem Yusuf Atılgan und meine Wenigkeit.

Manisa 2002

Auf den Spuren von Geyikli Baba

Zuerst gefiel mir der Name von Geyikli Baba, dem »Hirsch-vater«, und dann imponierten mir seine Taten. Das heißt seine Wundertaten. Man muß eigentlich nicht weiter übertreiben, weder schwitzt Geyikli Baba mehr oder weniger als viele ana-tolische Heilige, wenn sie in einem riesigen Kessel kochen, noch wandert er Nacht für Nacht nach Mekka und zurück. Weder bedeckt er sein Gesicht mit einem grünen Schleier, noch läuft er wie der Großmeister Hacı Bektaş Veli seinem Sarg hinterher. Ich begegnete ihm auch nicht an einer Quelle, als er mit seinem Stock Wasser aus der Erde sprudeln ließ (das Wort »Quelle« bedeutet hier natürlich nicht Wasserquelle, sondern weist auf alte Manuskripte hin!). Vielleicht weil, an-ders als über so viele Eingeweihte aus Chorasan, wie Ahmet Yesevi, Hacım Sultan, Hacı Bektaş, Sarı Saltuk, Ahi Evren, Abdal Musa und Otman Baba, die zu den Heiligen Anatoliens gehören, kein Legendenbuch über ihn geschrieben wurde, vielleicht auch weil er ein bißchen enger mit den wilden Tieren zusammenlebte (in diesem Fall mit Hirschen) und sie zähmte. Geht das nicht aus seinem Namen hervor? Geyikli Baba hatte nicht nur Macht über die Hirsche, sondern »verfügte« – mit einem Ausdruck von Âşıkpaşazade – auch über sie und »ging hin und wanderte auf dem Berg mit den Hirschen umher«.[15] Dieser Berg hieß einst Keşiş Dağı, Mönchsberg, und Geyikli Baba war ein Heiliger aus dem Land Rûm, der an der Er-oberung von Bursa teilnahm, auf einem prachtvollen Hirsch mit Geweih die Festungsmauern stürmte und mit seinem Schwert, das sechzig *okka* wog (nach einer anderen Überliefe-rung mit einem Felsbrocken, ebenfalls mit einem Gewicht von

---

15 »Vom Hirtenzelt zur Hohen Pforte – Frühzeit und Aufstieg des Osmanenreiches nach der Chronik ›Denkwürdigkeiten und Zeitläufte des Hauses Osman‹ von Derwisch Ahmed, gen. Âşıpaşa-Sohn. Übersetzt, eingeleitet und erklärt von Richard F. Kreutel. Graz 1959, S. 72.

sechzig *okka*, den er auf der Schulter trug), Angst und Schrek-
ken unter den Feinden verbreitete. Ich würde sagen, er kam
nicht als Friedenssymbol wie Hacı Bektaş Veli im Gewand
einer Taube nach Anatolien. Nachdem er aus der Stadt Khoy
aufgebrochen und auf Wanderschaft gegangen war, befand er
sich in Gesellschaft von Balım Sultan, und danach tauchte er
mit dem Hirsch, dem er sein gesamtes Hab und Gut aufge-
laden hatte, vor den Mauern von Bursa auf. Geyikli Baba war
ein kriegerischer Derwisch und keine »erbärmliche« Gestalt
wie der arme Yunus. Manche Quellen schreiben, daß er sich
nicht mit der Teilnahme an der Eroberung zufriedengab, sondern auch ein christliches Kloster, das dreihundertsechzig Tore
hatte – man nannte es die »Rote Kirche« –, mit der Gewalt des
Schwertes einnahm, und nachdem er sich in der Höhlung
einer Kastanie ausgeruht hatte, den Kampf, als der Krieg sich
länger hinzog, unbeirrt fortsetzte. Wenn man außerdem eine
der ältesten Quellen, das Geschichtswerk von Âli Osman her-
anzieht, das ebenfalls von ihm spricht, erfahren wir, daß er der
Einladung von Orhan Gazi nicht Folge leistete, sondern ihn
persönlich zu sich kommen ließ und den Herrscher mit den
folgenden Worten aufforderte, in der Gegend von İnegöl am
Mönchsberg einen Konvent errichten zu lassen: »Das Stück-
chen Grund von jenem Hügel dort drüben bis hierher – möge
es eine Heimstätte der Derwische sein!«[16] Darüber hinaus gibt
es eine Platane aus der Zeit von Geyikli, der im Alter von
fünfundsiebzig Jahren zu Gott einging, einen Baum, der aus
Mehmets Bursa stammt und – von 1326 an, als die Stadt erobert wurde, bis heute – 680 Jahre erlebt hat, eine Platane, von
der man unbedingt erzählen muß.

Bevor Geyikli Baba sich eines Tages dann doch zur Audienz bei
Orhan Gazi auf den Weg machte, riß er eine Pappel (das heißt
eine »Platane«, denn in der Tradition der Turkmenen nannte

16 Vgl. ebd. S. 74.

man die Platane »Pappel«) aus, lud sie auf den Rücken, trug sie mit sich fort und pflanzte sie im Garten des Palastes ein. Heute ist in Bursa keine Spur mehr von Orhan Gazis Palast zu finden, doch die Platane, die Geyikli Baba gepflanzt hat, steht immer noch da. Vielleicht besteht sie außer dem Stamm, dessen Rinde abgeblättert ist, nur aus ein paar vertrockneten Zweigen, aber als ältestes Naturdenkmal der Stadt darf sie Schutz erwarten. Oder hat man auf halber Höhe des Stamms etwa kein Blechschild angenagelt, auf dem steht: »Müll abladen verboten«? Wie mein Freund Ramis Dara, der alles, was Bursa betrifft, auch die Namen der Platanen, im Kopf hat, sagt, »leben die Platanen tausend Jahre, wenn sie ihr Klima finden«. Man muß nur ihren Wert erkennen.

* * *

An einem nahezu vollkommenen Morgen, an dem in Bursa Weiß und Grün, Steine und Wasser, die Innenhöfe mit den Säulengängen und die Bleikuppeln ineinander übergingen, an einem Tag, an dem es ringsum still war, machte ich mich auf den Weg ins Dorf Babasultan und streichelte die alte Platane, wie in den Versen von Ahmet Hamdi Tanpınar: »eine Mauer aus der Zeit Orhans, eine alte Platane, so alt wie er«. In diesem Dorf war Musa Coşkun mein Begleiter, der sehr viel Gutes getan hat. Und er erzählte ununterbrochen von seinen Leistungen und seiner Wohltätigkeit. Zum Beispiel hat er bei den Feierlichkeiten zum Gedenken an Geyikli Baba, die jedes Jahr im August stattfinden, eine Toilette aufstellen lassen, damit auch die Frauen ihr Bedürfnis verrichten können. »Das beste Ruhekissen ist ein gutes Jewissen«, hatte er an die Wand des WCs schreiben lassen. Es hatte auch kaum Sinn, mit ihm darüber zu diskutieren, ob »Gewissen« mit »g« oder »j« geschrieben wird. Worauf es ankam, waren die Taten von Geyikli Baba, denn der gute Musa liebte den Heiligen, hatte ihn in segensreicher Erinnerung, legte jedoch auch großen Wert auf seine eigenen Leistungen – um es ohne Umschweife zu sagen. Doch wie Sie vermuten werden, waren es die Taten von Geyikli Baba, die mich interessierten. Daher lieh ich dem guten Musa mein Ohr, hatte jedoch Geyikli Baba im Sinn. Wir ließen die im Schnellverfahren zusammengeschusterten Häuser, die überhaupt nicht zu Bursa, der ersten Hauptstadt der Osmanen, paßten, die Autoreparaturwerkstätten und die nach gebratenem Öl, Zwiebeln und Knoblauch riechenden Gaststätten, die Ziegelmauern und Mietskasernen – jedes für sich ein Monument der Häßlichkeit – hinter uns und bogen zwölf Kilometer vor İnegöl von der Hauptstraße ab.

Da bin ich nun also im vielleicht größten und zweifellos schönsten Dorf dieser Gegend; es hat knapp über tausend Einwohner. Musa Coşkun ist in seine eigenen Angelegenheiten vertieft, ich aber in die Schönheiten, welche die Natur den Menschen in dieser Region geschenkt hat. Babasultan ist an den östlichen Abhang des Uludağ gebaut und blickt auf die Ebene im Tal. Eiskalt strömt ein Bach den Berg hinab, fließt durch Marmorrinnen, und je weiter er strömt und anschwillt, um so mehr Leben spendet er dem Dorf. Ich wandere durch Apfel- und Kirschgärten. Pflaumen und Pfirsiche, Quitten, Kastanien und Walnüsse hängen an den Zweigen, als wollten sie sagen: »Geh nicht vorüber, nein – schau uns an!« Ich halte meinen Mund an die Rinne eines alten Brunnens mit der Inschrift »Alles Lebendige schufen wir aus Wasser« und trinke nach Herzenslust. Auf dem Weg, der zum Grabmal von Geyikli Baba führt, bin ich ganz allein. Die Sonne scheint, und keine einzige Wolke zeigt sich am Himmel. Natürlich wüßte ich gern, um was für Grabsteine es sich handelt und wie sie hierhergelangt sind, und klettere zwischen den zweifellos aus byzantinischer Zeit stammenden Säulenstümpfen den Berghang hinauf. Dort, am Eingangstor zum Mausoleum, steht eine uralte Platane, in die Geyikli Baba einst stieg, ein Baum, in dem er sein Eremitendasein verbrachte (sie ist genau 639

Jahre alt). Außerdem findet sich die folgende Inschrift auf der Schwelle des Tors: »Vergiß meinen Herrn nicht und komm auch du!« Ja, ich habe Geyikli Baba nicht vergessen und diesen weiten Weg zurückgelegt, aber ganz bestimmt nicht, um die eindeutig falschen Behauptungen zu lesen, die auf Initiative des Amts für religiöse Angelegenheiten hin verfaßt wurden und von einem gewissen Necdet Topsev unterschrieben sind:

»Der ehrwürdige Geyikli Baba wuchs in der sunnitischen Gemeinschaft heran und ist einer der berühmten, vollkommenen Heiligen. Er hat keinerlei Beziehung zu einer der närrischen Gruppierungen außerhalb der sunnitischen Gemeinschaft.«

Aus dem Datum, das darunter steht, geht hervor, daß diese Inschrift im Februar 2000 angebracht wurde. Der Dorfvorsteher oder das Landratsamt des Kreises Kestel, zu dem das Dorf Babasultan gehört, sollten erklären, was es mit den »närrischen Gruppierungen« auf sich hat, und deutlich werden lassen, warum sie darauf bestehen, Geyikli Baba der »sunnitischen Gemeinschaft« zuzurechnen; im Geschichtswerk von Âşıkpaşazade wird erläutert, daß er ein Schüler von Baba İlyas war und in den Orden von Seyid Eb'ül Vefa eintrat. Oder haben die Herren vom Landratsamt etwa keine Ahnung, daß »der selige Herrscher Orhan« ihm als Dank für das Heldentum, das er bei der Einnahme der Roten Kirche zeigte, »zwei Ladungen Arrak und zwei Ladungen Wein sandte, da er ein Trinker war«, frage ich mich. Das sollte ich auch mit Musa Coşkun diskutieren, doch der ist im Dorfcafé bei den Sunniten sitzen geblieben, und ich habe wahrscheinlich einen anderen Weg eingeschlagen, den »Ordensweg«, als ich zum Grabmal hinaufkletterte.

Im Grabmal stehen zwei Sarkophage, und Hirschgeweihe hängen von der Decke. In einem der Särge ruht Geyikli Baba und in dem anderen Balım Sultan, der von den Söhnen Germiyans abstammt. Ich weiß, daß es zwischen diesem Balım Sultan und dem gleichnamigen Nachfolger von Hacı Bektaş keine Verbindung gibt, weiß, daß er nicht nach Macht gierte, weiß, daß er – statt den Thron seines Vaters zu besteigen und das Amt des Herrschers auszuüben – ein Anhänger von Geyikli wurde. Irgendwie steigt dieser Balım Sultan in meiner Achtung, der »seinen Namen nicht ins Goldene Buch der Geschichte eintragen lassen« wollte, um es mit einem Gemeinplatz auszudrücken, und dies gilt auch für Geyikli Baba, der dieselben Charakterzüge aufweist. Da liegen sie in ihrem letzten Schlaf beisammen, ruhen nun also beieinander, fern von der Mühsal des Lebens, fern von den Nöten des Alltags, fern von der *vita activa*.

Balım Sultan, der du nicht bereit warst, dich auf ein Vertrauensverhältnis mit den Mächtigen deiner Zeit einzulassen, der du zu Orhan Gazi sagtest: »Grund und Boden ward euch anvertraut, uns ist anderes beschieden«, der du trotz der Beharrlichkeit von Turgut Alp, einem der tapferen Gottesstreiter, den Herrscher des Herrschens, dich aber der Einsamkeit und Askese für würdig hieltest, der du schließlich nicht nur mit den Hirschen auf dem Berg, sondern auch mit den christlichen Mönchen Freundschaft geschlossen hast, sei mir aus unserer Zeit gegrüßt, in der man Profitgier für das einzige Lebensziel hält! Hat nicht auch Nâzım Hikmet, einer unserer großen Dichter, der im Gefängnis von Bursa saß, gewissermaßen deinen Weg eingeschlagen? Hat er nicht Isolierung, Dahinsiechen in Zuchthäusern und den Tod im Exil, fern von der Muttersprache, riskiert? Hat er nicht aus seiner Zelle, in der er, ähnlich wie ihr Derwische, eine schwere Leidenszeit durchmachte, gerufen:

»Da kamen wir also und gingen dahin,
sei mir gegrüßt, Aleppo!«

* * *

Ahmet Hamdi Tanpınar erwähnt Geyikli Baba in seinem Buch *Fünf Städte*, in dem er Bursa besonders hervorhebt:

»Geyikli Baba hingegen ist einer der Derwische des Yeseviye-Ordens aus Chorasan, die die Eroberung von Bursa zu einem solchen Märchen werden ließen und die Gründung des neuen Türkischen Reiches auf eine Stufe mit der Geburt einer neuen Religion stellten. Wie die Hirten, die das Jesuskind im Neuen Testament an seiner Wiege besuchen und ihm unglaublich viele Schätze zu Füßen legen; doch statt im Zeichen des Sterns kamen sie im Zeichen der Ordensmeister, und manche verließen nur ihre asiatische Heimat, manche allerdings Krone und Thron des Palastes, in dem sie geboren waren.«

Tanpınar hat recht. Die Heiligen aus Chorasan waren unter den turkmenischen Völkerschaften, den Nomaden, die nach und nach von Ost nach West vordrangen und unstet umherzogen, in einer außergewöhnlichen Lage. Unter ihnen gab es sowohl kriegerische Derwische, die in der Epoche der anatolischen Fürstentümer mit Gewalt über die Grenzen drängten und an Eroberungsfeldzügen teilnahmen, als auch solche, die sich mit dem hölzernen Schwert gürteten und das Gewand der Taube anlegten. Wenn man beachtet, was Âşıkpaşazade schreibt, wird deutlich, daß Geyikli Baba mit den Hirschen am Kampf teilnahm und nach der Eroberung von Bursa – in der Gründungsphase des Osmanischen Reichs – sozusagen die Rolle eines »Kolonisators« für die Osmanen spielte. Achten Sie nicht auf das, was er nach der Überlieferung des ehrwürdigen Geschichtsbuchs zu Orhan Gazi sagte: »...Geld und Gut gehören dem Herrgott, und Er gibt es denen, denen es zusteht. Mir aber steht es nicht zu.«[17] Wir wissen, daß er unbebautes Gelände in der Umgebung des heutigen Dorfs Babasultan in

17 Vgl. ebd. S. 74.

der Nähe von İnegöl gemeinsam mit den Derwischen kulti-
vierte, mit dem von ihm gegründeten kleinen Konvent urbar
machte, Weinberge, Gärten und Gemüsebeete anlegte und
Viehzucht betrieb. Diese Tätigkeiten erleichterten zum einen
den Übergang vom Nomadentum zur Seßhaftigkeit und ga-
rantierten zum anderen, daß die Konvente sich Achtung innerhalb der Gesellschaft ebenso wie bei den politischen Macht-
habern erwarben. Wie Ömer Lütfi Barkan erläutert, hatte
Geyikli Babas Orden, der sich von Ahmet Yesevi und dessen
Armutsphilosophie herleitete, natürlich keine Ähnlichkeit mit
den Derwischklöstern, die dann nach der Gründung der Republik geschlossen wurden. Wenn man einen Vergleich an-
stellen müßte, könnte man von zwei verschiedenen Welten
sprechen. Mir liegt daran, zu betonen, daß keinerlei Ähnlichkeit besteht zwischen den größeren Konventen der Derwische,
die die Ereignisse von Menemen – den Aufstand in einer
Kleinstadt in der Nähe von İzmir im Jahr 1930 – provozierten,
und den Konventen zur Krankenpflege, die die Republik nach
dem Untergang des Osmanischen Reichs übernahm, sowie
den kleineren Konventen, die die Heiligen von Rûm aufbau-
ten. Die Heiligen von Rûm spielten bei der Gründung des
Osmanischen Reichs, der Islamisierung von Rumelien, dem
europäischen Teil der Türkei, wie bereits von Anatolien sowie
bei der Verwurzelung der türkischen Kultur in diesem Boden
mindestens eine ebenso wichtige Rolle wie die Gotteskrieger
von Rûm.
Auf dem Rückweg dachte ich an die Erzählungen, die unter
dem Volk über Geyikli Baba verbreitet waren, der sich mit der
Milch der Hirschkuh ernährte, die Hirsche nicht nur zähmte,
sondern auch als Reittiere benutzte und sie Salz lecken ließ,
wenn es nötig war, und dachte an die Beziehung dieser Geschichten zum vorislamischen Glauben der Türken. Der
Hirsch war nicht nur ein Tier, das die Schamanen in Zentralasien für heilig erklärten, sondern auch eine Meeresgöttin, wie

in den Legenden der Göktürken erzählt wird, oder auch einer der Vorfahren Dschingis Khans (in der *Geheimen Geschichte der Mongolen*), der »über das Meer wandelte«. Es kommen auch Hirschkühe vor, die den Jäger, der ihnen nachjagte, auf ihren Berg lockten. In Anatolien hörte ich verschiedene Versionen der Legende vom Damhirsch, hörte, was jenen zustieß, die Damwild erlegten (vor allem, wenn es sich um Hirschkühe und -kälbchen handelte), hörte, wie jene, die sich dem Wild an die Fersen hefteten, in Abgründe stürzten und zerschmettert wurden – und natürlich das Volkslied: »Auf die Hirschjagd ging auch ich, und das Wild lockte mich auf seinen Berg.«

Ja, auf dem Rückweg war ich nicht so leichtsinnig wie der Sohn des Alaiye Bey, der den Pfeil auf den in eine Gazelle verwandelten Abdal Musa schoß. Ich war etwas beunruhigt und ängstigte mich sogar, hatte Furcht davor, daß ein Stein auf die Straße gerollt käme, der Mönchsberg sich erheben und über mir zusammenbrechen würde, was weiß ich, daß vielleicht ein Vogel auffliegen oder eine Hirschkuh sich mir in den Weg stellen würde. Die Bäume zu beiden Seiten der Straße wurden allmählich dunkel, von den Berghängen fiel schwaches Licht auf die Straße und leuchtete uns. Der gute alte Musa war auf dem Rücksitz eingenickt, und ich steuerte den Wagen. Ich hatte zwar einen Führerschein, das heißt die Fahrprüfung einst bestanden, doch da ich seit Jahren nicht mehr am Steuer gesessen hatte, hielt ich mich nicht für besonders tauglich, und mir ging durch den Kopf, was der »Hirschvater« zu Orhan Gazi sagte: »Uns steht dergleichen nicht zu.« Wenn ich nun eine Kurve verpaßte, die Orientierung verlöre und der Wagen in die Tiefe stürzte! Oder wenn ich auf einen Baum oder einen Hirsch mit Geweih prallte! Trotzdem gab ich Gas, in einem Geschwindigkeitsrausch, den ich mir kaum erklären konnte. Wußte ich denn nicht, daß dies der Einfluß der wandernden Derwische von Rûm war, die sich aus Zentralasien auf den Weg gemacht hatten, mit dem Fell auf dem Rücken, der Axt am Gurt, immer geradeaus, und die nicht nur die Herzen, sondern auch die Burgen erobert hatten? Die Straße war schmal, doch immerhin asphaltiert. Nach und nach wurden wir schneller, und auf dem Rücksitz schwankte der Kopf des guten Musa bei jeder Kurve von rechts nach links, von links nach rechts, als ob er Gebete vor sich hin murmeln würde. Plötzlich war mir, als hörte ich Pir Sultan Abdal aus dem Dorf Banaz klagen, als hörte ich ihn mit der Zunge des heiligen Ali, dessen Blick im Löwen und dessen Stimme im Kranich überlebt hat, laut rufen, als hörte ich die Worte durch die Steppe dringen und an den Ausläufern des Berges widerhallen:

»Meine Botschaft vernimmst du mit den Hirschen,
meine Wunde verbindest du mit den Märtyrern«,

rief er. Doch wer waren die Märtyrer? Meinte er Ali? Oder Hasan und Hüseyin, Alis Söhne? Vielleicht meinte Pir Sultan Abdal sich selbst oder alle seine leidgeprüften Seelenfreunde von Hallac-ı Mansur bis Nesimi, von Oğlan Şeyh bis zu Bedreddin. Vielleicht auch seine Gefährten auf der Anklagebank, wurde ihm doch in Sivas der Prozeß gemacht. »Wer umkehrt, möge umkehren, auf meinem Weg kehr ich nicht um«, rief Pir Sultan Abdal nicht, sondern:

»Mit den Hirschen wanderte ich durch die Berge,
vierzig Jahre lang, mein Freund
in deinem Leid steh ich dir bei«,

sang er und ließ die Saiten seiner Saz seufzen. Mit diesem Stöhnen, dieser Wehklage kamen die Erlebnisse aller Heiligen, aller Derwische, »jener, die im Feuer der Liebe brennen«, um mit Yunus Emre zu reden, zur Sprache, und eine Karawane, die in Chorasan aufgebrochen war, gelangte, unstet umherwandernd, nach Anatolien, ließ sich zuerst in der Steppe und dann in den anatolischen Fürstentümern nieder, richtete sich an Berghängen, an den Ufern der Flüsse und den Küsten des Meeres ein. Geyikli Baba war einer der Ihren. »Fürchte dich nicht«, flüsterte er mir ins Ohr, »diese Straße führt dich nach Bursa, zum Ekmekçi Koca und Emir Sultan. Wie schon der Name sagt, du bist auf dem Weg der Derwischorden, nicht auf der Straße der Scharia!«

Auf einmal wurde es Abend. Ich schaltete die Scheinwerfer ein. Als ich von der Hauptstraße abfuhr, verlangsamte ich das Tempo ein wenig. Und im Strahlen des Lichts ließen wir Geyikli Baba mit seinen Hirschen hinter uns. Und kamen nach Bursa, ins geheiligte Bursa, den Ort der Derwische.

Bursa, 2004

Nachts in Bursa

»Dein Gesicht hat allen Glanz verloren! Komm, ich bringe dich mal zu Emir Sultan«, sagte er. Es war nach Mitternacht. In Bursa, in einer der engen, düsteren Gassen der Altstadt machte er sich an mich heran. Zuerst verlangte er Geld, dann Haschisch von mir, und als er weder das eine noch das andere bekam, standen ihm Tränen in den Augen, und er blickte mich an, als erwarte er trotzdem etwas von mir. Er war nicht in der Lage, aufrecht zu stehen. Es war klar, daß er zuviel getrunken oder geraucht hatte. Es war nicht auf den ersten Blick zu erkennen, ob es Haschisch, Rakı oder beides war. »Mein Glanz ist mir genug, mein Junge«, gab ich ihm zur Antwort, »meine Seele ist von Liebe erfüllt. Gib nichts auf die Aura! Das ist verlogen und führt nur in die Irre.« Irgendwoher waren mir diese Worte vertraut, das waren die Worte Sait Faiks, eines Autors von Erzählungen, den ich sehr mochte; in Bursa hatte er das Gymnasium besucht und die Stadt auch in seinen Büchern erwähnt; es waren nicht meine eigenen Worte. Doch er fragte nicht verdattert wie der »Schürzenjäger, der hinter der Frau des Juden her war«: »Ach wirklich? Ist das Ihr Ernst?« Nein, ich erzählte ihm nicht, daß ich hoffnungslos verliebt war. Wie Sait Faik, der Meister der Kurzgeschichten, wußte auch ich, daß der Abstieg leicht, der Aufstieg hingegen schwer ist, und darüber hinaus, daß es keine Rettung für mich gäbe, wenn ich beim Aufstieg einen falschen Schritt täte. Der junge Mann gehörte zu den Leuten, die keine Ahnung hatten, wie sie den Weg nach oben antreten sollten.

Den ganzen Tag lang hatte ich mich in den nicht allzu grünen Vierteln des grünen Bursa herumgetrieben, war im Schatten alter Platanen vergebens an den Gräbern der Heiligen und bei den Heiligen gewesen, war durch dunkle Kammern geschlendert, die auf feuchte, abgelegene Innenhöfe hinausgehen, in denen die Heiligen sich – von Somuncu Baba an – kasteiten.

Etwa um Seelenruhe zu finden, um endlich zu einer tiefen Stille zu gelangen? Das glaube ich nicht. »Seelenfrieden« war für mich ein Wort, vielleicht auch der Titel eines Romans von Ahmet Hamdi Tanpınar. »Seelenruhe« spielte weder an sich noch auch nur als Wort eine Rolle in meinem Leben. Manche fanden den geheimen Schatz, den wir »Seelenruhe« nennen, einst in den Broten, die Somuncu Baba in den Lehmöfen buk – ja in den heißen, watteweichen Brotlaiben –, und im Gespräch mit den hochherzigen Derwischen, die nichts anderes erwarteten als »einen Bissen Brot und ein Wams«, und manche fanden die innere Ruhe beim Zechgelage. Und was mich betrifft, so bin ich im Leben ein gutes Stück vorangekommen, doch von der Welt habe ich noch nicht genug. Das Leben war schön, würde ich sagen, der Gaumen verlangt nach mehr, immer mehr, auch der Körper, und selbst wenn die Lust sich unter der Peitsche krümmte, brächte ich es fast nicht über die Lippen – und hätte dennoch gern noch viel mehr, hätte es gern viel öfter, viel länger, als wollte ich, daß es ewig dauerte. Sagen wir mal, Gott zur Genüge, als ob es möglich wäre, von ihm jemals genug zu bekommen.

Und dennoch war Somuncu Baba – der Vater des Brotes – nicht auf die Welt gekommen, um sich zu sättigen, sondern um die Menschen satt zu machen. Da war nun also ein Hafen in jenem kurzen, asketischen Leben des Menschen, in den seine Seele sich flüchtete, ein stiller Innenhof im Schatten der alten Platane. Şeyh Hamid-i Veli war sein eigentlicher Name, und als er – mit einer Redewendung von Yunus Emre – noch »unreif« war und nicht im Backofen, in dem er später das Brot backen würde, sondern durch Wissen und Bildung geformt werden sollte, verschlug es ihn von seinem Geburtsort Kayseri zu den Ausläufern des Berges Erciyes, von dort aus nach Syrien, und dann gelangte er nach Täbris und nach Erdebil am Südufer des Kaspischen Meeres, und hier wurde er Hoca Alaaddin Erdebili, dem Enkel von Şeyh Safiyeddin İshak, anvertraut. Erdebili unterzog Hamid-i Veli einer Prüfung, die es in sich hatte, knetete ihn im Trog, als würde er Teig kneten, und gab alles weltliche und mystische Wissen an seinen Schüler weiter. Nachdem der Novize ordentlich durchgewalkt war und an Erfahrung gewonnen hatte, bat er seinen Herrn und Meister um Erlaubnis, Abschied zu nehmen, machte sich wieder auf den Weg, durchwanderte das Reich der Seldschuken von Ost nach West, kam nach Bursa, ließ sich, ohne auch nur irgend jemandem Bescheid zu geben, in dem Stadtteil nieder, mit dem heute an seinen eigentlichen Namen erinnert wird, das heißt im Şeyh Hamid Mahallesi, und da er köstliche runde Brotlaibe buk und an die Armen verteilte, gelangte er als Bäckermeister und Somuncu Baba, als Vater des Brotes, zu Ruhm und Ansehen beim Volk. Er lehrte nicht an der theologischen Hochschule wie die fanatischen Frömmler. Fern von den Kreisen, die dem Palast nahestanden, fern von den Zentren der Macht, verbrachte er seine Zeit mit Andachtsübungen und Gebeten. Ja, Somuncu Baba verschwieg jahrelang seine Identität, trat nicht an die Öffentlichkeit, wollte keine Hilfe von den Herrschenden, und obwohl er ein bedeutender Şeyh und echter Gelehrter war, begnügte er sich damit, die Menschen mit Brot zu versorgen. Bis Emir Sultan verlangte, daß er die Freitagspredigt zur Einweihung der Ulu Cami – der Großen Moschee – hielt. Bei der Zeremonie, der auch Beyazıt I, genannt »der Blitz«, beiwohnte, legte Somuncu die sieben geheimen Bedeutungen der Fatiha-Sure, der ersten Sure des Korans, vor den erstaunten Blicken der Gemeinde aus, ließ danach die zum Gottesdienst Versammelten das Gebet sprechen, verrichtete sein letztes Gebet unter der hohen Platane, die man »Baum der Fürbitten« nannte, und da sein Geheimnis gelüftet war, verließ er Bursa, um nie wiederzukehren, und verbrachte seine letzten Lebensjahre als Asket in einem kleinen Derwischkloster mitten in der Steppe, in der Nähe von Aksaray. Als er starb, war er ein greiser, rüstiger Derwisch von dreiundneunzig Jahren.

»Lebendig sind wir stets, sind unsterblich,
Finsternis umgibt uns nie,
verwesen nicht und werden nicht zu Staub,
kennen weder Tag noch Nacht«,

sagte er in einem Vierzeiler und überließ die Güter dieser Welt
uns Sterblichen, die wir eines Tages verwesen und zu Staub
werden.

Gewissermaßen hatte Somuncu Baba auch in meinem Leben
Tag und Nacht eine Rolle gespielt, doch aus anderen Gründen.
Als ob ich der Gymnasiast in Sait Faiks Kurzgeschichte wäre,
dem es nicht gelingt, von Setbaşı hinabzusteigen. Wenn mir
niemand geholfen hätte, hätte ich noch nicht einmal das Panorama, das sich dort unten, in Richtung Zugbrücke bietet,
erblicken und schon gar nicht nach oben, auf die Hänge des
Uludağ klettern können. Auch wenn ich es erblickt hätte, hätte
ich es nicht erkannt, und auch wenn ich es erkannt hätte, hätte
ich mich von dem Gedanken hinreißen lassen, ich sei ein Teil
davon, und hätte mich der Tiefe und Leere hingegeben.

Alles, was Sait Faik in »So eine Geschichte« erzählte, wollte mir
einfach nicht aus dem Kopf gehen. »Mach das bloß nicht noch
mal, junger Mann. Der Abstieg ist leicht. Jemand kommt und
bringt dich hinunter. Doch wenn du beim Aufstieg strauchelst,
bist du verloren« – dieser Satz in der Geschichte, in der der
Verfasser von seinen Erlebnissen als Internatsschüler in Bursa
erzählt, wird eines Tages zur Mahnung für jene, die sich ver-
laufen, künstliche Paradiese suchen, um vor der Realität zu
fliehen, und sich auf Alkohol und Drogen einlassen.

Als ich diesem jungen Mann mitten in der Nacht begegnete,
der Feuer – ja, wirklich, er hatte mich nach Feuer gefragt,
bevor er Geld wollte – und danach Haschisch von mir verlangte, war ich nach einem wein- und rakıseligen Abendessen
ins Hotel zurückgekehrt, und als ich nicht einschlafen konnte,
durch die Straßen gewandert. Auf den alten, uralten Steilhän-

gen des alten Bursa. War nicht auch das Leben so ein Steilhang, den man unaufhörlich hinaufstieg? Ein beschwerlicher Steilhang, von dem es keinen Abstieg gab. Ja, wie die Liebe war auch das Leben eine Summe von Steilhängen, auf denen man in die Irre ging. Oder es kam mir so vor, vielleicht, weil es nichts gab, was ich dem jungen Mann geben konnte. Feuer hatte ich zwar, aber nur in mir. Mit dem Feuer, das in mir brannte, konnte er sich keine Zigarette anzünden, und selbst wenn ihm das gelänge, könnte er sich damit keinen Joint drehen und rauchen. In unserer Sprache bedeutet das Wort »esrar« Haschisch, aber auch Geheimnis. Die einzigen Geheimnisse jedoch, die ich kannte und die mich interessierten, denen ich wie einer unerwiderten Liebe nachjagte, waren ohnehin die Mysterien der Heiligen. Mit anderen Worten, die Geheimnisse, die Gott segnet. Wie es in den Dokumenten, den alten Manuskripten mit den nunmehr uralten, zerfallenen Blättern heißt. Ich zog mich in eine Nische der Bibliothek zurück und las. Las, als wollte ich die Bücher und Abhandlungen, die mit »Gott segne sein Geheimnis. Der Şeyh ordnete an, daß ...« beginnen, und die Wundertaten, die sich nach und nach aus den verstaubten Seiten der Heiligenlegenden herausschälten, verschlingen, und vergaß nicht nur, wo ich war, sondern auch die Zeit. Vergaß Zeit und Raum, als würde ich im gleichen Moment den Gipfel des Glücks mit der Frau erreichen, die ich liebte. Bursa befriedigte mich wenigstens unter diesem Aspekt. Den ganzen Tag lang besichtigte ich die Grabmäler der Ehrwürdigen und Hochverehrten sowie die heiligen Stätten der Vielgeplagten, die ihr Leben in den Höhlen der riesigen, in allen Ecken und Winkeln stehengebliebenen Platanen hingebracht hatten, und wurde – wie sagt man? – ja, vielleicht ihr »Leidensgenosse«. Spät kam der Abend, lang war der Tag, lang das Leben – und der Weg. Nur die Lust war es, die kurz währte und wie ein jäh aufflammendes Strohfeuer verlosch.

Ich würde sagen, das Geheimnis von Somuncu Baba hat mich nicht zu Emir Sultan gebracht, auch nicht die beiden hölzernen Brotschieber, die so seltsam wie zwei verlassene Katzenjunge in der Ecke eines Backofens standen. Es war der junge Mann, den ich zufällig auf der Straße traf, mit dem ich mich dann anfreundete und bergab ging. Genauer gesagt, ich war es, der ihn dorthin brachte. Ich sagte ja schon, daß er sich kaum auf den Beinen halten konnte. Als ich nach Muradiye hinunterging, um ein Taxi zu suchen, kam er zu mir. Er klammerte sich geradezu an mich. Wenn ich sagen würde, daß mich diese unerwartete Vertrautheit im ersten Augenblick nicht irritierte, wäre es eine Lüge. Doch später gewann ich den bei jedem Schritt schwankenden jungen Mann aus unerfindlichen Gründen lieb und erwärmte mich gleichsam für ihn. Als wir Arm in Arm auf das Taxi warteten, schimmerten unten die Lichter der Stadt. Wahrscheinlich waren die Lampen in den meisten Häusern erloschen, und die Menschen lagen im Schlaf. Aber ich konnte die beiden Minarette und die beleuchteten Kuppeln der Großen Moschee sowie das kleine Gotteshaus, das mutterseelenallein inmitten des von den steinernen Mauern von Kozahan umgebenen Innenhofs stand, erkennen – und in der Ferne, auf der anderen Seite der wie blaues Wasser zwischen Zypressen sprudelnden Grünen Türbe, sah ich Emir Sultan. Natürlich nicht ihn persönlich, sondern sein Grabmal und seine Moschee im Rokoko-Stil mit den beiden Minaretten.

* * *

Zu dieser Nachtstunde war das Grabmal geschlossen. Auch die Moschee. Wir stiegen die Treppen hinauf, gingen zwischen zwei Säulen hindurch und betraten den weiträumigen Innenhof, und ich setzte mich am Rand der Brunnenanlage auf einen der Marmorblöcke der Beckeneinfassung. Wir redeten nicht miteinander. Als ich die Hand ins Wasser steckte, spürte ich eine angenehme Kühle, eine Weite und ein Sich-Lösen in meiner Seele, die ich nicht benennen kann, und ein herrliches, einschläferndes Gefühl der Erleichterung. Die Zypressen auf dem Friedhof raschelten. Als hätte ich sowohl die Existenz des jungen Mannes als auch die körperliche Liebe – und sogar die Bestie in mir vergessen, die keine Sättigung kennt und bei jeder Kostprobe der Glücksgüter der Welt nach mehr, viel mehr verlangt. Ich wartete auf die Feier der Blüte des Judasbaums in dem von hölzernen Säulengängen umgebenen Innenhof. Sobald seine Zeit gekommen wäre, mit anderen Worten, wenn die Blüten des Judasbaums sich öffneten, würden die Derwische Emir Sultans den Ort hier mit Leben erfüllen. Mit den Gewändern aus Schafwolle und den Bettlerschalen um den Hals würden sie niederknien und sich wie die Perlen einer Gebetskette im Innenhof aufreihen. Noch vor dem Rezitieren der Formeln würden sie vielleicht ins Horn blasen, vielleicht einen Kreis bilden, Gott anrufen und einander begrüßen – und die Gebetsketten kreisen lassen. Darunter wären auch erst vor kurzem aufgenommene Derwische – nach der Prüfungs- und Fastenzeit von vierzig Tagen. Und solche, die Gott bei Tag und Nacht – wie Yunus »mit Bergen und Steinen« – anriefen. Auch wenn es nicht Yunus Emre sein sollte, sondern, sagen wir mal, ein anderer Yunus, der Yunus aus Bursa, war mir, als lauschte ich der berühmten Hymne, die die Freude der Derwische zum Ausdruck bringt, die mit dem Erwachen der Natur, das vom Frühling kündet, ganz außer sich geraten:

»Emir Sultans Derwische
loben und preisen seine Werke,
Glücksvögel in Reih und Glied
am Grabmal von Emir Sultan.«

Es waren nicht nur die Derwische, die zu Emir Sultan kamen. Auch das Volk vom Markt und aus den umliegenden Dörfern hatte sich versammelt, strömte von den Höfen auf die Gassen, von dort aus die Hänge hinab und erfüllte sogar den Friedhof mit Leben, der sich terrassenförmig ins Tal erstreckte. Auch christliche Mönche waren unter ihnen, welche die Klöster auf dem Uludağ, die Grotten und Baumhöhlen verlassen hatten und sich dem Zug anschlossen. Sie waren voller Enthusiasmus, wie die Erde, die sich zu erwärmen begann, wie die brausenden Gewässer, wie die Bäume, deren erstes Grün hervorsproß, wie die Blüten des Judasbaums, die sich noch vor den Blättern öffneten und Judas' Scham in ein purpurrotes, leuchtend rotes und rosafarbenes Muster verwandelten. Gleich danach erschien Emir Sultan. Auf dem Kopf trug er einen Turban, eine grüne Krone mit zwölf Falzen, seine schwarze Kutte war lang und sein Stab aus Rosenholz. Sein Gewand aus grünem Mohair glänzte und war samtweich, so wie es überliefert ist. Er trug einen Gürtel, und immer wenn er ein paar Schritte machte, pendelte der Alabasterstein, der ihm um den Hals hing, hin und her und brachte den Schmerz aller Sufis zur Sprache, die gequält worden waren und Not gelitten hatten, das Leiden von Nesimi und Hallac-ı Mansur, da sie von dem Weg, den sie als den rechten kannten, nicht zurückgekehrt waren und sich mit Eifer der Abkehr vom Diesseits hingegeben hatten. Auf seinem wundervollen Gesicht lag der Glanz jener, die aus dem Geschlecht des Propheten stammen, und in seinem Blick der Seelenfrieden jener, die ihr Ziel erreicht haben. Denn er hatte Hundi Hatun, die Tochter des Sultans, geheiratet und war Beyazıts Schwiegersohn geworden; auch den Beinamen »Yıldırım – der Blitz« hatte Emir Sultan seinem Schwiegervater verliehen, und noch bevor man ins Feld zog, hatte er die Schwerter anlegen lassen. Er tauchte mit seinen Derwischen sogar vor den Mauern Istanbuls auf und beteiligte sich mit seinem hölzernen Schwert persönlich an der Belagerung. Durch Emir Sultans Heldentaten hatte der osmanische Sultan Yıldırım Beyazıt I. das Heer der Kreuzritter bei Nikopolis geschlagen. Jetzt wandelte er selbstsicher und im Bewußtsein, daß er vom Herrscher um so mehr geliebt, um so mehr geschätzt wurde, doch fern von den Intrigen, die im Palast angezettelt wurden, fern von der Gier nach Macht und Herrschaft, durch den Innenhof des Konvents, um die Feier zur Blüte des Judasbaums zu eröffnen und sich an der Andacht zu beteiligen. Und als er wanderte, als er nach Buchara zog, dorthin, wo er geboren und aufgewachsen war, dann nach Medina, zur heiligen Stätte des Propheten, sah er die trübseligen Herbergen, in denen er übernachtet hatte, sah die staubigen, nicht enden wollenden Wege, die Orte, wo er sich in einer Ecke zusammengerollt und geschlafen hatte, wenn ihm das Geld ausgegangen war, erkannte die einsamen Bäume in der Steppe wieder, und als er durch die Wüste wanderte, sah er die sengende Sonne am Himmel und die Sterne, die in der klaren Kälte der Nacht in der Leere aufgehängt waren. Und er kam nach Bursa, und bis er sich in Pınarbaşı in seine Einsiedelei zurückzog, kannte er dort weder Weg noch Steg, wußte weder aus noch ein.

Mir fiel ein, was Yunus gesagt hatte: »Sei mir gegrüßt, Emir Sultan im grünen Gewand!« Meine Hand lag immer noch im Wasser des Brunnens, und ich spürte das kühle Wasser durch meine Adern strömen. Mir war, als wäre ich von dem Alkohol, von dem ich beim Essen zuviel getrunken hatte, gereinigt. Mein Kopf war so klar, daß ich mir nicht nur die Feier zur Blüte des Judasbaums ausmalen, sondern auch die Zeremonien sehen konnte, die man seit der Zeit Emir Sultans bis heute im Frühling veranstaltet. Plötzlich verstand ich, warum mein Weggefährte mich zu Emir Sultan bringen wollte. Ohne jeden Zweifel mußte auch er von der Gnadenwirkung eines Mitglieds des Grünen Halbmonds, vom Heiligen im grünen Gewand, gehört haben.

Yıldırım Beyazıt gelobte, er werde zwanzig Moscheen erbauen lassen, wenn er im Kampf um Nikopolis siege. Kaum war er nach dem Triumph nach Bursa zurückgekehrt, ordnete er an, man möge mit dem Bau beginnen, doch Emir Sultan war gegen diesen Beschluß. Er riet dem Herrscher, statt zwanzig Moscheen eine einzige Moschee mit zwanzig Kuppeln bauen zu lassen. Und Beyazıt I. ließ die Große Moschee errichten. Als sie gemeinsam das neue Gotteshaus besichtigten, gab Emir Sultan dem Herrscher auf die Frage, ob es an etwas fehle, zur Antwort:

»Alles ist wunderbar, alles an seinem Platz, mein Gebieter. Eine Schenke fehlt.«

Der Herrscher war natürlich perplex. Dennoch tat er so, als habe er die indirekte Kritik seines Schwiegersohns nicht verstanden:

»Was soll denn das? Ist das hier etwa kein Gotteshaus? Was soll denn eine Schenke in Allahs geweihtem Haus?«

»So ist es, das ist ein Werk der Knechte Gottes. Diese herrliche Moschee haben deine Handwerker, deine Meister und Architekten gebaut, doch dich hat Gott geschaffen, dein Leib ist ein Werk aus seiner Hand. Da du nicht davor zurückschreckst, deinen Körper, das eigentliche Haus Gottes, zur Schenke zu machen, indem du Alkohol trinkst, fürchtest du dich etwa davor, Alkohol in die Moschee zu bringen?«

Man sagt, daraufhin habe Yıldırım sich reumütig gezeigt und dem Alkohol abgeschworen. Ob dies der Wahrheit entspricht, weiß ich nicht. Im Vertrauen auf die alten Quellen erzähle ich nach bestem Wissen und Gewissen – Legenden.

Bursa, 2006

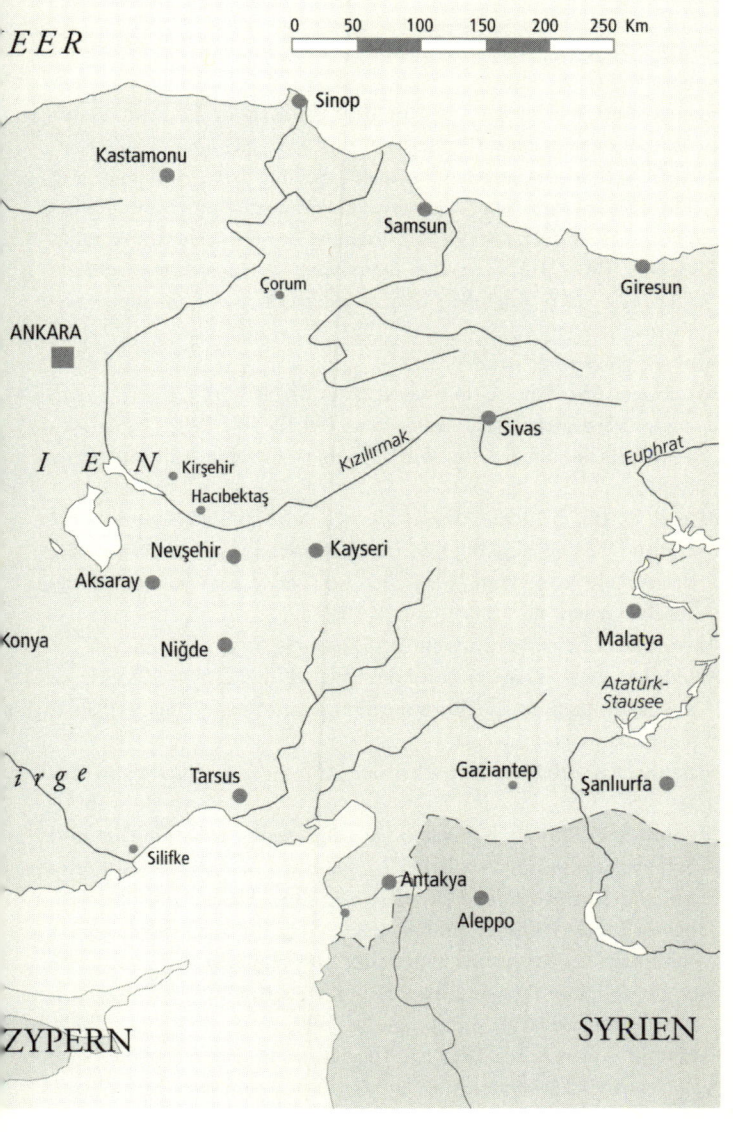

Glossar

Abdal »Heiliger«; Ehrentitel für Derwische; Beiname verschiedener alevitischer Vorväter.

Abdal Musa lebte im 14. Jahrhundert zur Zeit der Herrschaft des osmanischen Sultans Orhan Gazi und kam aus Khoy in Aserbaidschan (Iran; seinerzeit Chorasan). Schüler bzw. Anhänger von Hacı Bektaş Veli. Sein Derwischkonvent und seine Grabstätte liegen im Dorf Tekke im Kreis Elmalı im Regierungsbezirk Antalya.

Abdalan'ı Rûm Turkmenische Derwische, die aus Turkestan und Chorasan nach Anatolien eingewandert sind; die »Heiligen von Rûm«.

Ahi Mitglied einer Bruderschaft.

Ahi Evren; Ahi Baba Großmeister einer Bruderschaft, der in einem engen Vertrauensverhältnis zu Hacı Bektaş Veli stand. Sein Konvent steht im Regierungsbezirk Kırşehir. Er lebte im 13./14. Jahrhundert.

Ahmet Yesevi gründete eine der ersten Sufi-Bruderschaften; lebte vermutlich von 1103 bis 1165 in Chorasan; auf seine Philosophie der Abkehr von allem Weltlichen berufen sich viele spätere mystische Orden.

Aksu, Sezen beliebte türkische Pop-Sängerin; 1954 geboren.

Alâeddin Çelebi jüngerer Sohn des Celâleddin Rûmi gen. Mevlâna, der vermutlich in das Mordkomplott gegen Şemseddin aus Täbriz verstrickt war.

Alâeddin Keykubad I. Herrscher der Seldschuken; regierte von 1219 bis 1236.

Ali ibn Abi Talib d. i. Hazreti Ali, der heilige Ali, Cousin und Schwiegersohn des Propheten Mohammed; der vierte Kalif (Regierungszeit: 656-661). Er und seine Söhne, Hasan und Hüseyin, haben bei den Schiiten und Aleviten, einer Religionsgemeinschaft innerhalb des Schiismus, den Status von Heiligen.

Amt für religiöse Angelegenheiten 1924 gegründet; verantwortlich für die Aufsicht über das Religionswesen.

Arafat 80 Meter hoher Berg bei Mekka, der im Islam als heilig gilt.

Âşık wörtlich: Liebender; wandernder Derwischdichter und Sänger, dem Troubadour vergleichbar; auch Bezeichnung für Derwische.

Âşıkpaşazade Verfasser der Chronik »Denkwürdigkeiten und Zeit-läufte des Hauses Osman, von Derwisch Ahmed, genannt Âşıkpa-şa-Sohn«, lebte von ca. 1400 bis ca. 1483.

Âşık Sıtkı Baba türkischer Dichter in der Sufi-Tradition (1865-1928).

Âşık Veli türkischer Dichter in der Sufi-Tradition (1793-1853).

Baba türk. Vater; bei den Aleviten (mittlerer) Rang eines Lehrenden, auch Oberhaupt einer Bruderschaft.

Baba İlyas Angehöriger der Yesevi-Bruderschaft im 13. Jahrhundert.

Bacı türk. Schwester; Ehrentitel für Frauen bei den Aleviten.

Bacıyan-ı Rûm siehe Fatma Bacı.

Bahaeddin Veled Vater des Celâleddin Rûmi, gest. 1231.

Balıkesir Stadt in Westanatolien.

Balım Sultan lebte vermutlich von 1473 bis 1516 und gilt den Aleviten als zweiter Pir bzw. Großmeister nach Hacı Bektaş Veli, d. h. als dessen Nachfolger.

Banaz Ort und Distrikt im Regierungsbezirk Uşak in Westanatolien; vermutlich Geburtsort von Pir Sultan Abdal.

Barak Baba vermutlich 1378 gestorben. Schüler bzw. Anhänger von Sarı Saltuk.

Bey türk. Herr, dem Vornamen nachgestellt; Ehrentitel bzw. Fürst zur Zeit des Osmanischen Reichs.

Beyazıt I. osmanischer Sultan, genannt Yıldırım, der Blitz; regierte von 1389-1402.

Börklüce Mustafa Anhänger von Şeyh Bedreddin

Celâleddin Rûmi gen. Mevlâna, einer der bekanntesten und be-rühmtesten Dichter des Sufismus; geboren 1207 in Balch im da-maligen Chorasan, gestorben 1273 in Konya.

Cem-Zeremonie »Cem tritt an die Stelle des gemeinsamen sunniti-schen Reihengebets. Es wird heute als Kreis gedeutet, da die Teil-nehmer, in einem Kreis stehend, sich ins Gesicht sehen können, während beim sunnitischen Reihengebet der Teilnehmer den Rük-ken des Vordermanns sieht. Insgesamt ist das Cem eine religiöse, liturgische Fête, die den ganzen Abend ausfüllt und folgendes be-inhaltet: rituelles Gebet, rituellen Tanz zwischen Mann und Frau, rituelle Lyrik, rituelle Musik, rituelles Mahl, ritueller Rauschtrank.« Anton Josef Dierl: Geschichte und Lehre des anatolischen Alevis-mus-Bektaşismus. Frankfurt am Main 1985. S. 38.

Charalambos Heiliger der griechisch-orthodoxen Kirche, welcher der Legende nach im 2. Jahrhundert im antiken Magnesia in Kleinasien (heute Manisa) gewirkt haben soll.

Chorasan persisch: »Land der aufgehenden Sonne«, auch »Osten«. Historisch bedeutsame Landschaft in Zentralasien; grenzt im Westen an das Kaspische Meer, im Osten an den Hindukusch, im Süden an die Wüstenregion Sistan, und im Norden bildet sie einen Teil des innerasiatischen Gebiets von (siehe dort) Turkestan. Städte, einst in Chorasan gelegen: Buchara und Samarkand (heute in Usbekistan), Balch, Herat und Kabul (heute in Afghanistan) sowie Nişapur (heute im Iran)

Dergâh Derwischkonvent.

Derwisch persisch: Armer, Bettler, auch Âşık (Liebender) genannt, der sein Leben der mystischen Liebe zu Gott widmet und in freiwilliger Armut lebt.

Divan-i kebir eines der Werke von Celâleddin Rûmi, auch bekannt unter dem Namen Diwân-e Rûmi oder Kolliyât-e Šams-e Tabrizi. Als Verfasser des Divan-i kebir gab Rûmi Şemseddin aus Täbriz aus.

Dobruca Landschaft im heutigen Rumänien.

Eflâki Dede, auch Aflâki genannt d. i. Şemseddin Aflâki, einer der frühen Biographen Celâleddin Rûmis; gestorben 1353.

Ekmekçi Koca siehe Somuncu Baba.

Elif erster Buchstabe des arabischen Alphabets.

Emir Sultan Derwisch und Gelehrter aus Buchara; Berater und Schwiegersohn von Beyazıt I. Die Emir-Sultan-Moschee in Bursa ist nach ihm benannt. Er lebte von 1367 bis 1429.

Evliya Çelebi Verfasser des »Seyahatname«, eines zehnbändigen Reisebuchs. Er lebte von 1611 bis 1682.

Fatma Bacı Tochter des Seyid Nureddin, vermutlich aus Nişapur im (historischen) Chorasan; sie gilt als herausragende Gestalt der »Bacıyan-ı Rûm«, der Sufi-Schwesternschaft im Land Rûm, d. h. in Anatolien unter seldschukischer Herrschaft.

Germiyanoğulları Söhne des Germiyan; turkmenische Fürstendynastie in der Region von Kütahya in Westanatolien.

Geyikli Baba der »Hirschvater«; Derwisch im 14. Jahrhundert, der Orhan Gazi bei der Eroberung von Bursa unterstützt haben soll.

Göktürken vorislamische türkische Dynastie und ihr Staat (552-745 n. Chr.).

Grüne Türbe Mausoleum des osmanischen Sultans Mehmet I. in Bursa; so benannt nach der grünen Fayencenverkleidung.

Grüner Halbmond Organisation der Antialkoholiker in der Türkei, 1920 unter dem Namen Hilâliahdar gegründet.

Hacı Mekkapilger.

Hacıbektaş Wallfahrtsstätte von Aleviten und Bektaşiten im Regierungsbezirk Nevşehir; Grabstätte von Hacı Bektaş Veli.

Hacı Bektaş Veli die Lebenszeit des Schutzpatrons der Bektaşi-Derwische und der Janitscharen wird – mit viel Phantasie – in allen Quellen unterschiedlich angegeben: gestorben ist er vermutlich 1337; der Legende nach ist er aus Nişapur im damaligen Chorasan nach Anatolien gekommen und soll sich in Suluca Kara Höyük niedergelassen haben, in dem Ort, der heute nach ihm benannt ist.

Hallac-ı Mansur in türkischer Transkription. Arabisch: al-Hussain ibn Mansur al-Halladsch, lebte 858-922, vornehmlich in Bagdad; dort wurde er 922 wegen Ketzerei hingerichtet. Einer der bedeutendsten Sufi-Dichter.

Halva türkischer Honig; aus Weizenmehl, Sesamöl, Honig und Zucker hergestellte Süßigkeit.

Halveti-Orden; Halvetiye Sufi-Bruderschaft, die im 8. Jahrhundert in Herat (im heutigen Afghanistan) gegründet wurde, mit zahlreichen Verzweigungen und Gruppierungen; nach anderer Version nach Muhammed Nur ül Halveti (14. Jahrhundert) benannt und von dessen Neffen, Abdullah Sıraceddin Ömer bin Ekmeleddin-i Lahici, begründet.

Hazreti Ali siehe Ali ibn Abi Talib.

Hüsameddin Çelebi Freund und Anhänger des Celâleddin Rûmi, genannt Mevlâna, der dessen geistiges Erbe antrat, nachdem jener gestorben war.

Ibn Battuta arabischer Forschungsreisender (1304-1377); bereiste Kleinasien, große Teile von Vorderasien, Indien, Sumatra, China und Ostafrika.

İdris Prophet, der im Koran erwähnt wird; gilt als Schutzpatron der Schneider.

Imam islamischer Geistlicher, Vorbeter.

İnegöl Stadt und Distrikt im Regierungsbezirk Bursa.

İntihânâme siehe Sultan Veled.

Kâbûsname »Buch der Ratschläge«; persischer Originaltitel: Qâbûs-name des Kai-Kâ'us. Ein Fürstenspiegel, 1082/83 verfaßt. In deutscher Übersetzung: Buch des Kabus oder Lehren des persischen Königs Keikavus an seinen Sohn Ghilan Schah. Berlin 1911.

Kalenderderwisch Wanderderwisch mit glattgeschorenem Kopf und abrasiertem Bart; Angehöriger der Bewegung der (türk.) Kalender- bzw. (arab./pers.) Qalander-Derwische, die sich gegen alles Orthodoxe auflehnten, nach ihrem eigenen, unkonventionellen Rhythmus lebten und die Gesellschaft ihrer Zeit, etwa vom 12. Jahrhundert an, provozierten.

Karaman heute: südlich von Konya gelegene Stadt. Mitte des 13. Jahrhunderts bis 1483: anatolisches Fürstentum.

Karamanoğulları Dynastie der Beherrscher von Karaman vom 13. Jahrhundert bis 1483.

Kaygusuz Abdal auch unter dem Namen Gaybi bekannt. Schüler von Abdal Musa; er lebte vermutlich von 1397 bis 1453. Als Dichter fällt er durch ungewohnte Bilder und Vergleiche, z. T. Paradoxien, und durch eine drastische Sprache auf.

Kocamustafapaşa Stadtteil von Istanbul.

Kozahan Stadtviertel von Bursa.

Kubadabad-Palast als Sommerresidenz von Alâeddin Keykubad I. im 13. Jahrhundert am Ufer des Beyşehir-Sees, westlich von Konya, errichtet und Mitte des 20. Jahrhunderts von Archäologen wiederentdeckt.

Kyr Vart Herrscher über Alanya auf der Schwelle vom 12. zum 13. Jahrhundert, bevor die Seldschuken die Stadt eroberten.

Levni Miniaturmaler im osmanischen Serail (lebte von ca. 1700 bis 1732).

Mahmut II. osmanischer Sultan; regierte von 1808 bis 1839.

Mecnun und Leylâ sagenumwobenes Liebespaar.

Medrese islamische Hochschule für Theologie, zeitweise auch für Jurisprudenz und Literatur; manches Mal auch kleinere theologische Lehrstätte.

Mehmet I. osmanischer Sultan, der von 1413 bis 1421 regierte.

162

Mehmet II. osmanischer Sultan; Fatih, der Eroberer, so benannt nach der Eroberung von Konstantinopel (Regierungszeit: 1444-1446 und 1451-1481).

Mehmet III. osmanischer Sultan; regierte von 1595 bis 1603.

Menakıbname Legenden bzw. Legendenbücher in Anatolien. »Diese Legenden sind mit Sagen vermischte Biographien von Derwischen (wie Sarı Saltuk, Geyikli Baba u. a.), die bald als Missionare, bald als Kämpfer an den Eroberungen Anatoliens und Rumeliens teilgenommen haben, von den Gründern der später entwickelten und organisierten mystischen Orden und von berühmten Persönlichkeiten wie zum Beispiel Hacı Bektaş, Hacım Sultan, Abdal Musa, Kagusuz Abdal.« (Pertev Naili Boratav: Türkische Volksmärchen. Übersetzt von Doris Schultz und György Hazai. München 1990. Nachwort, S. 302.)

Menemen Stadt in der Nähe von Izmir. Ereignisse von Menemen: Derwischaufstand im Jahr 1930.

Mengli Giray 1478 von dem osmanischen Sultan Mehmet II. zum Herrn über die Krimtataren ernannt. Er starb 1515.

Merkez Efendi d. i. Musa Muslihiddin, Sufi und Oberhaupt des Halveti-Ordens als Nachfolger von Sümbül Efendi; er starb Mitte des 16. Jahrhunderts.

Mesnevi türkischer Titel des Maṯnawi-ye ma'nawi – Das geistige Maṯnawi; Hauptwerk des Celâleddin Rûmi gen. Mevlâna.

Mevlâna Titel für hochgestellte islamische Geistliche; Ehrentitel für den Dichter Celâleddin Rûmi.

Mevlevi Anhänger von Celâleddin Rûmi, gen. Mevlâna.

Murat III. osmanischer Sultan, regierte von 1574 bis 1595.

Mustafa Kemal Paşa 1934 per Gesetz zum »Vater der Türken« – Atatürk – ernannt. Geboren 1881 in Saloniki. Gründer der Republik Türkei (29. Oktober 1923) und bis zu seinem Tod am 10. November 1938 in Istanbul Staatspräsident.

Nedim Dichter in Istanbul im 18. Jahrhundert; »Hofdichter« im Serail; starb 1730.

Nesimi Dichter der Mystik, der zu Beginn des 15. Jahrhunderts in Aleppo wegen Ketzerei hingerichtet wurde.

Nevruz Frühlingsbeginn; persisches Neujahrsfest, das alljährlich zwischen dem 20. und 22. März begangen wird.

Nişapur Stadt im historischen Chorasan, heute im Iran.

Niyazi-i Mısrı vermutlich aus Malatya; mystischer Dichter des Halveti-Ordens; gestorben 1697.

Nizami persischer Dichter, lebte etwa von 1150 bis 1214.

Nûre-Sûfi Ahnherr der Dynastie der Karamanoğulları; lebte im 13. Jahrhundert.

Nur ül Halveti nach ihm soll der Halveti-Orden benannt worden sein. Der Legende nach ist er Bruder des Vaters von Abdullah Sıracaddin Ömer bin Ekmeleddin-i Lâhici, der den (sunnitischen) Halveti-Orden gegründet haben soll.

okka Gewichtseinheit, entspricht 1283 Gramm.

Orhan Gazi osmanischer Sultan (Regierungszeit 1326-1362).

Otman Baba auch Gani Baba genannt. Vermutlich 1478 gestorben; Anhänger der Bektaşiten.

Ömer bin Ekmeleddin-i Lâhici d. i. Abdullah Sıracaddin Ömer bin Ekmeleddin-i Lâhici, gestorben 1397, Begründer des Halveti-Ordens.

peyman persisch: Vertrag, Abkommen, Pakt, Konvention.

Padişah persisch König; Großherr; Titel des regierenden Sultans.

Pir persisch Meister; Ordensmeister; Bezeichnung für Ordensgründer und Schutzpatrone.

Pir Sultan Abdal mystischer Dichter; aus dem Dorf Banaz im Kreis Yıldızeli im Regierungsbezirk Sivas. Wegen seiner – in den Augen der Sunniten – ketzerischen Ansichten im Jahr 1560 in Sivas/Mittelanatolien hingerichtet.

Refah-Partei »Wohlfahrtspartei« mit erzkonservativer Grundhaltung.

Rakı Anisschnaps.

Rûm das Land Rûm – große Teile Anatoliens zur Zeit der Herrschaft der Seldschuken mit Konya (Ikonion) als Hauptstadt.

Rûmi s. Celâleddin Rûmi.

Sarı Saltuk d. i. Mehmet Buhari, ein Zeitgenosse von Hacı Bektaş Veli; er soll von ihm in die Dobruca (Rumänien) gesandt worden sein.

Saruhan etwa 20 km nordöstlich von Manisa gelegener Ort in Westanatolien.

Saz Sammelbegriff für die Langhalslaute.

Şeyh Bedreddin geb. 1358 in Simavne bei Adrianopel (Edirne). An-

führer eines Aufstands im Jahr 1416 in Westanatolien; die historisch verbürgten Ereignisse bilden die Folie für Nâzım Hikmets
Dichtung »Das Epos vom Şeyh Bedreddin«. Aus dem Türkischen
von Gisela Kraft in: Türkischer Akademiker- und Künstlerver-
ein (Hg.): »Sie haben Angst vor unseren Liedern«, Berlin 1977,
S. 278 ff.

Selahaddin Zerkub Goldschmied in Konya und Vertrauter von Celâleddin Rûmi.

Seldschuken bzw. Rûm-Seldschuken, die nach der Schlacht von Ma-
lazgirt (Mantzikert) im Jahr 1071 nach Anatolien kamen und bis
1307 große Teile Kleinasiens, das »Land Rûm« – in kriegerischen
Auseinandersetzungen mit Byzantinern und Kreuzfahrern – be-
herrschten.

Selim I. s. Yavuz Sultan Selim.

Selim II. osmanischer Sultan; regierte von 1566 bis 1574.

Sema ekstatischer Tanz; mystischer Reigen.

Setbaşı Stadtviertel von Bursa.

Seyahatname s. Evliya Çelebi.

Sipehsâlar d. i. Feridun Sipahsalar, einer der frühen Biographen von
Celâleddin Rûmi, gest. 1329

Sivas Stadt in Mittelanatolien. Vom 4. bis 12. September 1919 fand
der Kongreß von Sivas unter der Präsidentschaft von Mustafa Kemal (ab 1934: Atatürk) statt. Beim Massaker von Sivas am 2. Juli
1993 kamen 33 Dichter, Denker und Künstler um, die am dortigen
Pir-Sultan-Abdal-Festival teilnahmen.

Somuncu Baba »Vater des Brotes«, auch Ekmekçi Koca genannt, ein
Sufi, der von 1331 bis 1412 in Kayseri, Bursa und Amasya lebte.

Sufi Anhänger des Sufismus; so benannt nach dem »sof« bzw. »suf«,
dem wollenen Umgang bzw. der Kutte, den er – statt aller weltlichen Kleidung – trug.

Sufismus islamische Mystik.

Sultan (arab.) Herrschaft, Macht
  a) seit dem 9. Jahrhundert Herrschertitel bei den Seldschuken, ab
     ca. 1400 bei den Osmanen
  b) bei weiblichen Mitgliedern der Herrscherfamilien ist »Sultan«
     dem Vornamen nachgestellt
  c) Titel von Oberhäuptern von Derwisch-Bruderschaften

Sultan Veled Sohn des Celâleddin Rûmi, verfaßte u. a. das İntihâname, »Das letzte Buch«; er war es, der den Tanz der Derwische zum Ritual erklärte. Er soll 1312 gestorben sein.

Süleyman I. Osmanischer Sultan (Regierungszeit: 1520-66); genannt Kanuni, der Gesetzgeber; in europäischen Ländern als »der Prächtige« bekannt.

Sümbül Efendi gestorben um 1530. Oberhaupt des Halveti-Ordens in Kocamustafapaşa, einem Stadtviertel von Istanbul.

şems persisch: Sonne.

Şemseddin aus Täbriz Kalenderderwisch, der Konventionen und Gebote durch Provokation in Frage stellte; vermutlich 1247/48 in Konya ermordet.

Şeyh Oberhaupt einer Bruderschaft von Derwischen.

Taptuk Emre sagenumwobenes Oberhaupt eines Derwischordens im 13. Jahrhundert; Meister bzw. Vorgänger von Yunus Emre.

Tekerleme »Lügenmärchen; Kettenmärchen, stereotype, auch reimende, oft des Sinns entbehrende Einleitungsformeln zu den Märchen« (Pertev Naili Boratav, Türkische Volksmärchen. Übersetzt von Doris Schultz und György Hazai. München 1990. Nachwort, S. 297).

Tekke kleinerer Derwischkonvent.

Türbe Grabmal, Mausoleum.

Turgut Alp Derwisch und Anführer einer Truppe zur Zeit des ersten Sultans der Osmanen, Osman I. (Regierungszeit: 1299-1326).

Turkestan Sammelbegriff für Kasachstan, Usbekistan, Turkmenistan, Tadschikistan und Kirgistan.

Ulema islamischer Theologe; Gelehrter.

Ümmi Sinan d. i. Ibrahim Sinan Ümmi; Sufi-Dichter aus Karaman oder Bursa. Gestorben 1568 in Istanbul.

Vav 29. Buchstabe des arabischen Alphabets.

Vilâyetnâme Codex bzw. heiliges Buch der Aleviten.

Yavuz Sultan Selim Selim I., regierte 1512-1520; Selim der Gestrenge.

Yeseviye-Orden von Ahmet Yesevi gegründet, eine der ältesten Sufi-Bruderschaften.

Yıldırım Beyazıt Beyazıt I., »der Blitz«, osmanischer Sultan (Regierungszeit: 1389-1402).

Yunus Emre Dichter der Mystik; lebte von ca. 1241 bis ca. 1321 in Anatolien.

Zemzem Brunnen in Mekka, dessen Wasser als geheiligt gilt.

Zerkûb s. Selaheddin.

Zülfikâr das sagenumwobene, zweischneidige Schwert Alis.

Autoren, Historiker und Islamwissenschaftler des 20. und 21. Jahrhunderts

Altıok, Metin Autor (1941-1993), der im Juli 1993 an den Folgen des Massakers von Sivas (2. Juli 1993) starb.

Anday, Melih Cevdet Dichter, geb. 1915; er gehörte von den 1940er Jahren an zu den Autoren der radikalen Moderne.

Atılgan, Yusuf Schriftsteller, lebte von 1921 bis 1989. In deutscher Übersetzung liegen vor:»Hotel Heimat«, aus dem Türkischen von Hanne Egghardt, Hamburg 1985, und»Der Müßiggänger«, aus dem Türkischen von Antje Bauer, Zürich 2007.

Barkan, Ömer Lütfi Historiker u. Islamwissenschaftler (1902-1979).

Boratav, Pertev Naili Literaturwissenschaftler (1907-1998), der vor allem Sagen, Märchen und Legenden gesammelt und untersucht hat.

Eyüboğlu, İsmet Zeki Schriftsteller, 1925 geboren.

Faik, Sait d. i. Sait Faik Abasıyanık (1906-1954); türkischer Autor von Kurzgeschichten und Romanen. In deutscher Übersetzung: u. a. »Medarı Maişet Motoru – Ein Lastkahn namens Leben« aus dem Türkischen von Monika Carbe und Enis Gülegen. Frankfurt am Main 1991.

Gölpınarlı, Abdülbâki Literaturwissenschaftler (1900-1982), der Standardwerke zur Divan-Literatur und zur islamischen Mystik verfaßte.

Hikmet, Nâzım lebte von 1902-1963; sein lyrisches Epos, »Menschenlandschaften«, wurde von Ümit Güney und Norbert Ney ins Deutsche übertragen und ist 1980 in Hamburg erschienen.

Konyalı, İbrahim Hakkı Verfasser von »Konya Tarihi (Die Geschichte Konyas)«; lebte von 1894-1984.

Melikoff, Irene französische Islamwissenschaftlerin russischer Herkunft; eines ihrer wichtigstes Werke:»Hadji Bektach, Un mythe et ses avatars: Genèse et évolution du soufisme populaire en Turquie«. Leiden 1998.

Ocak, Ahmet Yaşar Verfasser u. a. von »Menakıbnameler – (Die Legenden)«; türk. Historiker (geb. 1945).

Özkırımlı Atilla Literaturwissenschaftler und Autor (1942-2005).

Öztürk, Yaşar Nuri Jurist und Islamwissenschaftler (geb. 1945). In deutscher Übersetzung liegt u. a. von ihm vor: »Rûmi und die islamische Mystik. Über das Menschenbild im Islam.« Aus dem Türkischen übertragen und mit Anmerkungen versehen von Nevfel Cumart. Düsseldorf 2002.

Schweizer, Gerhard deutscher Kulturwissenschaftler (1940 geboren). Sein wichtigstes Thema ist der Kulturkonflikt zwischen Orient und Okzident. Er veröffentlichte u. a. »Der unbekannte Islam. Sufismus – die religiöse Herausforderung« (2007), »Die Türkei. Zerreißprobe zwischen Islam und Nationalismus« (2008), »Islam und Abendland. Geschichte eines Dauerkonflikts« (2003).

Tahir, Kemal Schriftsteller (1910-1973); einer seiner bedeutendsten Romane: »Devlet Ana (Mutter Staat)« aus dem Jahr 1967.

Tanpınar, Ahmet Hamdi Schriftsteller (1902-1962). »Huzur – Seelenfrieden«, aus dem Türkischen von Christoph K. Neumann. Zürich 2008.

Türkische Erzählungen
des 20. Jahrhunderts

Herausgegeben und mit einem Nachwort
von Petra Kappert und Tevfik Turan
Etwa 350 Seiten. Gebunden

Moderne Erzählliteratur aus der Türkei – das ist mehr als Hirten-
romantik und Räuberepik, Tausendundeine-Nacht-Reminiszenz
und archaische Dorfidylle. Das Land hat seit der Republikgrün-
dung durch Atatürk 1923 eine rasante Entwicklung durchgemacht;
mehr als die Hälfte der Bevölkerung lebt in den großen Städten,
die durch die immense Landflucht immer mehr aus den Fugen
geraten zu drohen. Dementsprechend haben sich auch die Themen der türkischen Literatur gewandelt: Es sind die Probleme einer dörflich-argrarisch bestimmten Gesellschaft auf dem Weg zur
Industrienation. Vermeintlich unumstößliche Traditionen sind in
Auflösung, verlieren ihre Gültigkeit für das Individuum, das sich
oft neu orientieren muß.
Mit Texten von Sait Faik, Orhan Kemal, Aziz Nesin, Yaşar Kemal,
Adalet Agaoglu, Nedim Gürsel, Orhan Pamuk u.v.a.

Mario Levi
Istanbul war ein Märchen

Aus dem Türkischen von
Barbara und Hüseyin Yurtdas
Etwa 850 Seiten. Gebunden
Suhrkamp Verlag

Istanbul: Stadt der tausend Seelen, der tausend Schicksale, der tausend Sprachen ...

Mario Levi ist hier aufgewachsen. *Istanbul war ein Märchen* beschreibt die Stadt seiner Kindheit. Er führt uns durch die steilen, verschlungenen Gassen die Stadt hinauf und hinab zu den Ufern des Bosporus, erzählt vom Miteinander der unterschiedlichen Völker und Kulturen, von Juden, Griechen, Armeniern und Türken. Seit mehr als 500 Jahren haben Juden aus aller Welt am Bosporus eine neue Heimat gefunden. Sie pflegen ihre Bräuche, feiern ihre Feste, erinnern an die Verfolgung und das erlittene Leid. Ausgehend von seiner eigenen Familie und deren Geschichte, entwirft Levi ein Kaleidoskop menschlicher Schicksale.

»Ich wurde als Fremder auf der westlichsten Halbinsel Istanbuls geboren. Istanbul war mein Märchen ...«

Sema Kaygusuz
Wein und Gold
Roman

Aus dem Türkischen von
Barbara Yurtdas
Etwa 350 Seiten. Gebunden
Suhrkamp Verlag

Eine türkische Insel in der nördlichen Ägäis. Die einheimischen Griechen und Türken leben von Weinbau, Fremdenverkehr und Fischfang. Leylan, die junge Bibliothekarin, munkeln sie, wolle ihren Vater, einen Trinker, umbringen.

»Man hatte mir einen hinterhältigen Mord zugetraut. Und das Schlimme war, ich hatte mich sofort an meine Hinterhältigkeit gewöhnt.« In Wirklichkeit versucht sie, ihren Vater mit einem speziellen Wein zum Sprechen zu bringen und zu heilen. Denn im Rausch quälen den Vater Alpträume.
Und wirklich kommt Leylan hinter ein paar erschreckende Familiengeheimnisse. Doch deren Aufklärung reicht ihr nicht aus. In »Gold«, dem zweiten Teil des Romans, setzt sie die Geschichte des ersten Teils (»Wein«) neu zusammen. Ihre Erzählungen geben dem Leben des Vaters Sinn und verhelfen ihm zu einem guten Ende. Mit den fiktiven Geschichten ihrer Vorfahren und der Inselbewohner hat Leylan die Gerüchte »umgedreht«, sie hat sich ihren eigenen Mythos geschaffen.

»Was wäre aus mir wohl geworden ohne die Gerüchte, die über mich verbreitet wurden?«

Nâzim Hikmet
Die Romantiker
Roman

Aus dem Türkischen von Hanne Egghardt
Mit einem Nachwort von Peter Bichsel
BS 1436. Etwa 280 Seiten
Suhrkamp Verlag

In einer Hütte in Anatolien wartet 1924 der von einem tollwütigen Hund gebissene Nâzim Hikmet die Inkubationszeit ab. Treten die im Lehrbuch beschriebenen Symptome auf? Zu den Ärzten will er nicht. Sie könnten den kommunistischen Aktivisten verraten. In diesen vier Wochen erinnert sich der erst Zweiundzwanzigjährige an das, was er in Rußland und in der Türkei erlebt hat – und besonders an die geliebte Anuschka.

Da Hikmet *Die Romantiker* erst 1962 zu Ende geschrieben hat, wird mit der Geschichte des jungen auch die des alten Hikmet sichtbar. Was kompliziert klingen mag, gestaltet sich in der Lektüre einfach, denn mit welcher Freiheit Nâzim Hikmet (1902-1963) – der größte türkische Dichter des 20. Jahrhunderts – über seinen Lebensstoff verfügt, das verzaubert seine Leser von Anfang an.